ADAMO D'AGOSTINO

Quando SARÒ Bambino

Psiche e Aurora editore

SMS

COME TUTTO EBBE INIZIO

18 novembre

Adamo
Ohi Luca[1], come stai? 🙂 ore 22:03

Luca
Tutto ok! Tu? ore 22:04

Adamo
Insomma... Oggi mi è successa una cosa stranissima! ore 22:04

Luca
??? 😮 ore 22:04

Adamo
Visto che l'ispirazione non arrivava, ho seguito il tuo consiglio 😌 ho fatto una *nella* passeggiata! ore 22:05

[1] Luca Leone, responsabile editoriale della casa editrice Psiche e Aurora.

Adamo
*bella 🙃
ore 22:05

Luca
Bravo! 😉 Camminare fa bene al corpo e alla mente
ore 22:06

Adamo
Eh, aspetta...
ore 22:06

Luca
??? 🤔
ore 22:06

Adamo
Ho camminato distrattamente per diverse ore senza accorgermene, perso nei miei pensieri. A un certo punto mi sono ritrovato in uno *prato* posto!
ore 22:07

Adamo
*strano posto!
ore 22:07

Luca
In che senso uno strano posto?
ore 22:09

Adamo
Nel senso che ci passo tantissime volte e sono convintissimo di non aver mai visto quel vicolo!
😅 😅 😅
ore 22:11

Luca
Magari ci passi sempre distratto
😂😂😂 ore 22:11

Adamo
Ma non è finita! C'era un negozio pieno di cianfrusaglie. Sai come in quei mercatini dell'usato con tanti oggetti vecchi? Be' mentre ci passavo davanti ho visto sull'ingresso un signore paffutello con una barba bianca 🤔
Credo fosse il proprietario ore 22:15

Adamo
E la cosa ancora più strana è che mi ha salutato chiamandomi per nome!!! ore 22:15

Luca
Cioè? Lo conoscevi? ore 22:16

Adamo
Mai visto!!! 😮 Ho risposto con un cenno della testa e mi sono allontanato pensando che mi fossi sbagliato! ore 22:16

Luca
Be' forse ha detto solo "buonasera" e con la testa fantasiosa che ti ritrovi hai capito male
😜😜😜 ore 22:17

Adamo
"Testa fantasiosa?" Un modo gentile per dirmi che sono sempre disattento? ore 22:21

Luca
Più o meno! Ahahah ore 22:23

Adamo
Non hai tutti i torti in effetti! 😂 ore 22:23

Adamo
Vabbè Buonanotte 🙃 Ci sentiamo nei prossimi gg ore 22:24

Luca
👍 ore 22:27

19 novembre

Adamo
Ohi Luca, ci sei? 😮 ore 17:23

Adamo
Luca, ci sei? ore 17:25

Adamo
Ci sei? 🤔 ore 17:28

Adamo
Ci sei? 😩 😩 😩 ore 17:31

Luca
Eccomi! Che c'è? ore 17:32

Adamo
Non ci crederai mai... sono tornato a cercare quel negozio. Non c'è più!!!
😮 😮 😮 😮 😮 ore 17:32

Luca
Cioè? Ha chiuso? ore 17:33

Adamo
No! È sparito proprio il vicolo! ore 17:33

Luca
Ma sei serio? 🤔 ore 17:35

Adamo
Certo!!! Sono qui adesso e dove c'era il vicolo ora c'è un muro! 😮 😮 😮 ore 17:35

Adamo ha inviato una foto:

Luca
Avrai sbagliato strada! Lo vedi che avevo ragione, sei distratto! Magari è una tua fantasia... Ottimo spunto per il prossimo libro, no? 😜
ore 17:37

Adamo
Quasi quasi! 😅
Cmq non riesco a capire! 😕
ore 17:37

Luca
Sei solo stanco, visto le nottate che passi a scrivere! A forza di inventare storie, adesso le vedi nella realtà!
ore 17:39

Adamo
🤔 😩 😅
ore 17:40

Luca
Riposati stasera 😜
ore 17:41

Adamo
Forse è meglio! Rientro, mi faccio una bella doccia calda e vedo un film
ore 17:43

Luca
👍 👍 👍
ore 17:44

Adamo
🙂
ore 17:44

20 novembre

Adamo
LUCAAAAAA!!! L'ho trovato! Il negozio!!!
È MERAVIGLIOSO!!! 😍😍😍 ore 20:43

Adamo
Ci sono entrato e ho conosciuto quel
tipo! È fantastico! ore 20:43

Luca
Cosa? Hai ritrovato il vicolo? 😮 ore 20:45

Adamo
Sì!!! Lo so, ti sembrerà pazzesco ma ora
è qui... dove ieri c'era il muro! ore 20:45

Luca
Infatti non ti credo! Mi prendi in giro,
vero? 🤔 ore 20:45

Adamo
No, no! 😠 ore 20:46

Luca
Mi stai facendo uno scherzo!?
🤔😅😜 ore 20:46

Adamo
Niente scherzo!!! Te lo giuro! 😔 ore 20:47

Adamo
Sono appena uscito dal negozio e ti sto scrivendo ancora preso dall'emozione! 😍😍😍
ore 20:47

Luca
Negozio?
ore 20:48

Adamo
Un negozio di vecchi oggetti... un mercatino dell'usato. Ma in realtà è qualcosa di più! 😯
ore 20:48

Luca
Cioè? 🤔
ore 20:49

Adamo
È un mondo di storie! Ogni oggetto ha la sua e me ne ha raccontate alcune!
ore 20:48

Adamo
Sono bellissime! 😍
ore 20:48

Luca
Chi te le ha raccontate?
ore 20:50

Adamo
Il proprietario! Devi assolutamente conoscerlo, Luca! Ha qualcosa di magico quando racconta!
ore 20:51

Adamo
E poi è proprio simpatico! Ho riso tantissimo! 😂 😂 😂
ore 20:51

Luca
E come si chiama?
ore 20:52

Adamo
Oh, cavoletti! Non lo so! 😅
ore 20:53

Luca
Come non lo sai? 😮 😮 😮
ore 20:53

Adamo
Non glielo ho chiesto! Quando sono arrivato davanti al negozio, mi ha chiamato per nome un'altra *porta*
ore 20:54

Adamo
*volta! 🙃
ore 20:54

Adamo
Ha detto che mi stava aspettando e ha iniziato subito a mostrarmi alcuni oggetti e a raccontarmi le loro storie.
ore 20:55

Adamo
Mi sono distratto! Sono andato via senza chiedergli il suo nome!
😅 😅 😅
ore 20:56

Luca
Ahahah! Guarda che se mi stai facendo uno scherzo, te la farò "pagare"! ore 20:57

Adamo
No! No! Nessuno scherzo! ore 20:58

Adamo
Luca, queste storie sono bellissime. Sono delle piccole avventure per ragazzi, divertenti e anche istruttive! ore 20:58

Adamo
Gli ho chiesto se potevo scriverle e pubblicarle per farle leggere a tutti! Mi ha risposto che già sapeva che glielo avrei chiesto e poi mi ha consegnato un pacco ore 20:59

Adamo ha inviato una foto:

Luca
Cosa significa? 😲 Ma soprattutto, come conosce il mio nome? ore 21:03

Adamo
NON LO SO! 😅 😅 😅
Ha detto che se non segui le istruzioni "i capitoli che non dovrebbero esistere" non compariranno mai! ore 21:04

Luca
Il mistero si infittisce! 🤔 ore 21:04

Adamo
Comunque sono quasi arrivato a casa! Appena arrivo apro il pacco e ti aggiorno 🙂 ore 21:05

Luca
OK! Sono molto curioso, fammi sapere! ore 21:05

Adamo
👌 ore 21:05

Adamo
Brutte notizie! 🙁 🙁 🙁 ore 21:21

Luca
Che succede? 😲 ore 21:22

Adamo ha inviato una foto:

Luca
Cosa sono quelle? ore 21:25

Adamo
Dentro il pacco c'erano questi fogli!
Tutti scritti in questo modo! 😩 ore 21:25

Luca
Ma è incomprensibile! 😮 ore 21:26

Adamo
Sembra essere una lingua inesistente!
🤔 Domattina vado da lui e cerco
di capire! 😉 ore 21:26

Luca
👌 ore 21:27

21 novembre

Adamo
LUCAAAA!!!! Sono tornato al negozio e indovina? 😩 😩 😩
ore 9:13

Adamo
Il negozio è sparito di nuovo 😠 come l'altro giorno!
ore 9:13

Luca
😲 😲 😲
ore 9:14

Adamo
Il muro, Luca! IL MURO!!! Il vicolo non c'è più! Un'altra volta! 😩
ore 9:14

Luca
Ma sei sicuro di non aver sbagliato?
ore 9:15

Adamo
Me lo ricordo benissimo 😠
ore 9:15

Adamo
Ma poi la cosa più strana è che ho chiesto anche ai negozianti qui! Non c'è mai stato un vicolo!!! 😲
ore 9:16

Luca
Questo è un vero mistero!
ore 9:16

Adamo
Guarda, tornerò qui tutti i giorni finché non ricompare! 😠 ore 9:16

Luca
Dai, riprova solo stasera per scrupolo. Ma non fissarti 😉 ore 9:17

Luca
Magari è veramente uno scherzo 😅 ore 9:17

Adamo
😠 Ti aggiorno! ore 9:18

Luca
👌 ore 9:19

Adamo
👍 ore 9:21

22 novembre

Adamo
Niente! Oggi sono andato tre volte a cercarlo 🙁 🙁 🙁 niente di niente! 22:43

Luca
😕 ore 22:44

23 novembre

Adamo
Oggi sei volte e ancora niente! Questa cosa è assurda! 😩 😩 😩 ore 23:03

24 novembre

Adamo
Sono qui dalle 6 di questa mattina! ore 23:51

Adamo
Non so più che pensare 😔 😔 😔 ore 23:51

25 novembre

Adamo
Lucaaa!!! Poco fa è venuto un corriere e mi ha consegnato un pacco! 😮 😮 😮 ore 14:37

Adamo
All'interno c'è un dizionario "speciale" e una lettera: ore 14:37

Allegato lettera:

Caro Adamo, perdonami!
Mi sono accorto che non ti ho consegnato il dizionario "speciale"!
Che sbadato che sono!

So però che non ti sei dato per vinto e che ti stai impegnando molto nel decifrare la nostra lingua e devo ammettere, oltretutto, che sono davvero sorpreso che sei riuscito a tradurre più di qualche parola, tutto da solo!
Vedrai che ora con il dizionario sarà molto più semplice!

Mi raccomando, fai in modo che Luca segua le istruzioni passo passo, altrimenti i "capitoli che non dovrebbero esistere" non compariranno!

Queste storie sono molto importanti, sia per i giovani lettori ma anche per il loro genitori!
Se le ho consegnate a te è perché tu non hai mai dimenticato cosa vuol dire essere bambino!

Mi dispiace tantissimo anche per il tempo che hai perso a cercarmi. Avevo finito il mio lavoro lì da te e ora mi sono trasferito in una nuova città ma vedrai che presto ci rincontreremo.

Il tuo nuovo e vecchio amico.

Luca
Conosce il tuo indirizzo? 🤔 Questa storia ha dell'incredibile! ore 14:42

Adamo
Esatto! 😮 😮 😮 ore 14:42

Adamo
E con il dizionario è tutto molto più semplice e ho iniziato a tradurre le prime storie! Che emozione! 😍 ore 14:42

Luca
Ok, sono molto curioso! Appena le hai tradotte, mandamele così le leggo! ore 14:43

Adamo
👌 ore 14:44

Luca
👍 ore 14:44

15 Febbraio

Luca
Adamo, ho fatto la prima prova di stampa! 🙂 ore 11:35

Adamo
Allora? 😮 😮 😮 ore 11:36

Luca
Funziona! 😍 ore 11:37

Luca
"I capitoli che non dovrebbero esistere" prima non ci sono e poi compaiono! ore 11:37

Adamo
Fantastico! 🎉🎉🎉 ore 11:38

Adamo
Non vedo l'ora di scoprire cosa penseranno i ragazzi quando li leggeranno! 😍 ore 11:38

Quando SARÒ Bambino

ZEROZERO

OVVERO... IL CAPITOLO CHE NON DOVREBBE ESISTERE

Esatto! Hai letto bene: questo è un capitolo che non dovrebbe esistere!

Lo so, lo so. Starai pensando che qui qualcuno ha fatto un grosso errore perché, in effetti, lo stai leggendo. Anche se sei alle prime righe, puoi già vedere che c'è un'intera pagina di parole stampate davanti ai tuoi occhi, vero?

Ti dico di più: non è una sola pagina! Sì, perché per spiegarti quello che devo dire, ho bisogno di più pagine.

Quindi posso affermare con certezza che questo "capitolo che non dovrebbe esistere" è formato da più pagine che a loro volta non dovrebbero esistere.

... inizio ad avere un leggero mal di testa!

Devi sapere poi, che non è l'unico capitolo che non dovrebbe esistere. Se vuoi, puoi andare a sbirciare verso la fine e scoprire che esiste anche il capitolo ZeroSei: l'altro capitolo che non dovrebbe esistere!

ATTENZIONE a non sbirciare troppo... potresti leggere qualcosa del finale!

Spero che tu non sia uno di quelli che vuole sapere come finisce una storia, senza leggerla per intero. Eh, no! Non è affatto bello sapere come finisce una storia senza viverla in prima persona. Ah, come non sopporto quelle persone che ti raccontano il finale di un libro o di un film prima di poterlo leggere o vedere da soli. Mi fanno arrabbiare tantissimo.

Allora, se vuoi controllare, l'altro capitolo che non dovrebbe esistere – se ho fatto bene i calcoli – lo puoi trovare a pagina 128.

A questo punto ti starai chiedendo perché esistono dei capitoli che non dovrebbero esistere?

Cerco di spiegarlo ma non sarà facile. Tanto per intenderci, un libro per essere stampato, messo in circolazione deve avere tutto quello che serve per essere chiamato tale: la copertina, il retro e il bordino, oltre a un bel numero di pagine che raccontano delle storie. In questo libro, ogni capitolo è una storia e tutte raccontate da me.

Quello che nel libro non appare subito stampato sono questi due capitoli che non dovrebbero esistere. Non ancora perlomeno.

Queste pagine inesistenti compaiono solo dopo che una persona "speciale" ha deciso di leggerle. Devo ammettere che non è stato facile inserirle e non posso spiegare esattamente come funziona: rischierei di essere licenziato!

Questo lavoro mi piace tanto non sapendo proprio quale altro fare. Mmmh... a pensarci bene però, potrei fare le pizze. Mi piace impastarle, condirle e cucinarle. Nel forno a legna sarebbero perfette. Ma sai cosa mi piace di più? Mangiarle. Però, senza ingredienti strani: l'ananas sulla pizza proprio no! Devo ammettere che sono piuttosto bravo e ogni tanto organizzo una "serata pizza" con gli amici, dove mi impegno personalmente a farle. Devo dire che gradiscono molto, visto che alla fine non rimane neanche una fetta e sia chiaro, non ne faccio poche.

A parte le mie doti da pizzaiolo, ahimè, non posso proprio raccontarti come sono stati inseriti i capitoli che non dovrebbero esistere ma spiegarti come funzionano, quello sì!

Innanzitutto serve una persona speciale. Uno come te! Pieno di curiosità e di fantasia, ma non per sapere i fatti degli altri o essere indiscreti. No, no! Parlo della curiosità nel guardarsi attorno: scoprire cose nuove, posti nuovi, storie nuove!

Poi c'è l'ingrediente più importante: la fantasia. Pensa a un drago: riesci a immaginarlo?

Lo vedi volare con le sue grosse ali su una favolosa valle incantata?

Puoi aggiungerci quello che vuoi, sai? Castelli, cavalieri, foreste spettrali. Oppure unicorni, fate e principesse. Proprio tutto!

Con la fantasia si possono vedere cose che non dovrebbero esistere o cose che sembrano non esistere. Proprio come questo capitolo. Quindi, se lo stai leggendo, significa che è apparso perché tu che l'hai preso e hai iniziato a leggerlo, sei una persona speciale. Se lo avesse in mano un'altra persona che non fosse curiosa e fantasiosa come te, avrebbe tra le mani un libro senza questi capitoli. Queste pagine non apparirebbero perché per lui non esistono.

Devi sapere un'altra cosa, anche questa molto importante: una volta che i capitoli che non dovrebbero esistere si materializzano, non scompaiono più! Dal momento in cui hai iniziato a leggere, le pagine apparse possono leggerle anche gli altri.

Questa cosa l'ho ideata proprio io. È una mia idea! Infatti, grazie a questa invenzione ho ricevuto le tre stelle di merito alla festa di fine anno. Sono stato premiato dal personaggio più famoso del mondo della fantasia.

Non posso dirvi chi è, ma vi confido che è un mito. Un giorno potrei collaborare con lui, anche se significherebbe trasferirmi al polo nord e lì le temperature sono abbastanza rigide.

Come dicevo, per questa invenzione sono stato premiato. C'erano tutti i miei colleghi e familiari. È stata una serata bellissima ed emozionante. Sono usciti articoli e foto sui giornali, sono stato ospite in numerose trasmissioni televisive per spiegare l'importanza del mio brevetto.

Vorrei farti vedere le registrazioni o gli articoli con le foto, dove oltremodo sono venuto molto bene. Sono fotogenico, sai. Pensandoci bene non lo posso fare. Il motivo è la questione del licenziamento: certe cose devono restare segrete e credo di aver detto già troppo.

Però un'ultima cosa voglio raccontartela: un giorno ero ospite di uno *show* in prima serata. Tantissima gente lo guardò in tivvù. Il presentatore polemizzò con me. Mi contestò l'idea che le pagine restassero visibili a tutti dopo la loro comparsa. In studio c'erano altri ospiti e la maggior parte di questi mi accusò di essere stato troppo superficiale perché, secondo loro, i capitoli che non dovrebbero esistere dovevano sparire quando il libro sarebbe andato in mano a chi non fosse curioso e fantasioso. Credo che vollero, più che altro, fare spettacolo...

Come potrai immaginare, non ero d'accordo e lo spiegai così: «Desidero che anche gli altri tornino a essere curiosi e fantasiosi, perché non tutti si ricordano di esserlo stati. Specialmente gli adulti. È importante che si torni a essere un po' bambini e a guardare il mondo con curiosità e fantasia! Per questo il titolo del libro ha il nome della mia invenzione».

A queste parole seguì un lungo applauso del pubblico. Il presentatore e gli ospiti tornarono un po' bambini anche loro e applaudirono. Da quel giorno nessuno fu più in disaccordo con la mia invenzione.

Ora, prima di andare avanti, rimane da fare un'ultima cosa. Devi personalizzare il libro con nome e cognome. Se hai un soprannome, puoi aggiungerlo tra il nome e il cognome. Mi piacciono molto!

Se siete più persone ad avere un solo libro, per esempio fratelli e sorelle, non preoccupatevi. Potete personalizzarlo lo stesso seguendo queste poche regole:

1. In base all'età. Il fratello o la sorella maggiore personalizza per primo.
2. In caso di gemelli, l'ordine dev'essere alfabetico.

ATTENZIONE!

La cosa più importante è non dimenticarsi di "spuntare" sul quadratino sottostante per accettare la clausola delle persone speciali.

☒

DA QUESTO ISTANTE IL LIBRO

(compresi i capitoli che non dovrebbero esistere)

APPARTIENE A *

IORI ARIANNA______________________

GALLINELLA_______________________

____

(nome – soprannome – cognome)

* *Accetto di essere il proprietario (proprietari, se siete fratelli e sorelle) di questo libro e di custodire tutti i segreti scritti e ipotizzati nei capitoli che non dovrebbero esistere. Dichiaro inoltre che i segreti ipotizzati, sono dovuti alla mia (nostra) fantasia e intelligenza e non perché facilmente descritti dal narratore.*

Hai fatto? Hai accettato?

Per me è importante che ti sia chiaro che non ho detto più del dovuto. Non posso mica sapere quanto sia forte la tua fantasia!

Se capisci chi sono e qual è il mio vero lavoro, senza che te l'abbia detto esplicitamente, allora non corro rischio di essere licenziato. E poi mi dispiacerebbe proprio ora che ho avuto le tre stelle di merito.

Se invece hai pensato di non personalizzare il libro e di non segnarlo, non è un problema. In questo caso però, ti debbo avvisare di una cosa: i capitoli sono comparsi e anche gli altri li possono vedere, solo che avranno maggiore difficoltà a credere nella storia. Lo stesso sarà per te.

Bene! Se hai accettato o meno, non mi resta che lasciarti ai prossimi capitoli. Quelli esistenti.

Un'ultima precisazione: le storie che troverai nelle prossime pagine sono tratte da avvenimenti accaduti realmente. Esse sono solo alcune di quelle che ho raccolto in molti anni di lavoro. Sono curioso di sapere se a te o a persone che conosci sia mai capitato qualcosa di simile…

ZEROUNO

DOVE LUCA E MARCO SONO DUE AGENTI (QUASI) SEGRETI

Luca e Marco erano due fratelli speciali. Se hai avuto la possibilità di leggere il capitolo ZeroZero, sai cosa intendo. Se invece non sai di cosa stia parlando, ti suggerisco di far sfogliare questo libro a qualche amico ricco di fantasia.

Torniamo a noi. Luca aveva nove anni, mentre Marco sei anni e otto mesi. Quest'ultimo ci teneva a specificarlo con precisione. Il ruolo di fratello minore, nei giochi ma anche nella vita di tutti i giorni, poteva sembrare quello di un semplice assistente.

La verità era un'altra: lui era una vera e propria spalla, un compagno di avventura ma soprattutto un complice, specialmente nei piccoli disastri combinati assieme.

Memorabile fu quando trasformarono le loro biciclette, rendendole rumorose come moto da corsa. Lo fecero agganciando delle carte da gioco alle forcelle con le mollette del bucato della mamma. Alle ruote davanti o quelle di dietro. Ancora meglio se fossero state tutte e due. Le carte in quel modo venivano colpite dai raggi della ruota e il rumore che ne scaturiva, sembrava proprio quello di una bella moto!

Il problema non fu il rumore o il fatto che scorrazzavano su e giù per il viale, immaginando di inseguire malviventi o super spie in fuga. Anzi la cosa divertiva molto i vicini. Il problema fu che Luca aveva preso le preziose carte da poker del padre: carte da collezione. Il papà le mostrava sempre con orgoglio agli amici e ai colleghi di lavoro.

Quella volta furono messi in castigo tanto che dovettero rinunciare alle bici, ai cartoni animati, ai dolci, al gelato, a tante altre cose divertenti e buone, per più di dieci giorni. Fu una punizione durissima ma alla fine impararono che, prima di qualsiasi iniziativa, sarebbe stato meglio consultare almeno uno dei genitori.

I fratellini erano sempre molto uniti e fantasiosi. Ti posso garantire che lo sono ancora oggi. Io li conosco molto bene!

Marco seguiva sempre il fratello da quando aveva iniziato a camminare. Luca non si era mai allontanato, lo aveva sempre aiutato con i compiti e gli aveva sempre permesso di giocare con i suoi giocattoli. Inoltre, quando c'era una nuova avventura, l'avevano affrontata sempre insieme. Be', c'è da dire che Luca, da maggiore, dava spesso e volentieri ordini o imponeva i ruoli. Per esempio quando giocavano a guardie e ladri, Luca faceva quasi sempre il poliziotto e Marco era costretto a fare il cattivo che doveva essere catturato. Invece quando vivevano delle avventure in coppia o avevano una missione in comune, era allora che la cosa si faceva molto più divertente.

Un pomeriggio, Luca e Marco avevano una missione a dir poco impossibile!

Era un giorno importante, il giorno della partita. Capitava periodicamente che la famiglia si riunisse in salotto a guardare l'incontro di calcio in televisione.

Devi sapere che il loro papà era un grande tifoso e non perdeva una partita della squadra del cuore, nemmeno a pagarlo. Scommetto che sai di cosa parlo!

Ebbene, quel giorno ci sarebbe stata la serata "partita in salotto", ma qualcosa di grave bolliva in pentola. Letteralmente!

Luca e Marco erano in camera loro. Luca stava sdraiato sul letto e sfogliava distrattamente un fumetto, letto e riletto più volte; Marco giocava con le macchinine, inventando inseguimenti, acrobazie e scontri spericolati.

All'improvviso, Luca si drizzò sul letto e annusò l'aria. «Qualcosa non va!» disse.

Marco lo guardò interrogativo.

Luca si avvicinò alla porta in punta di piedi, impugnò la maniglia con decisione e poi, con l'altra mano, si portò l'indice sulle labbra e disse sottovoce al fratellino:

«*Shhh*! Seguimi senza fare rumore»

I due ragazzi si trovavano al piano superiore. Una grande scalinata collegava le camere da notte del primo piano con la zona giorno al pianoterra. Lì c'era anche la cucina, da dove arrivava quello sgradevole odore di verdure cotte.

Marco vide il fratello maggiore scendere alcuni gradini per guardare meglio, proprio in direzione della cucina. Strinse un pochino gli occhi: si stava concentrando.

«Cosa succede?» chiese senza preoccuparsi di abbassare la voce.

«*Shhh*! Abbassa la voce!» lo rimproverò Luca.

«Cosa succede?» chiese questa volta con un tono più basso.

Il fratello tornò sui suoi passi e si diresse verso la camera.

«Una cosa gravissima! Vieni!»

I due tornarono velocemente nella stanza. Luca andò subito alla scrivania e iniziò a rovistare tra i libri e i quaderni, mentre Marco si appoggiò sul letto e lo guardava, cercando ancora di capire.

«Non può essere! Non questa sera!» disse preoccupato Luca.

«Ma si può sapere cosa succede?» rispose Marco.

«Hai visto il quadernone rosso?»

«Il quadernone rosso? Ma è così grave?»

Qui devo informarti di una cosa importante. Devi sapere che i due fratellini erano sempre pronti ad affrontare ogni situazione al momento, improvvisando. Il quadernone rosso, invece, serviva per i casi d'emergenza, per le situazioni veramente difficili dove era richiesto un piano strategico ben studiato.

Nelle pagine avevano annotato ogni dettaglio che potesse essere utile in caso di estremo bisogno: oltre a segnare dove la mamma nascondeva la marmellata, c'era uno spazio preciso dedicato al cronometraggio. Qui avevano appuntato i tempi trascorsi in bagno dal papà: se portava il giornale o un fumetto, sapevano che ci sarebbe stato molto di più.

Avevano disegnato la mappa dettagliata della casa e una parte del quartiere in cui vivevano, evidenziando i punti buoni per nascondersi e le vie di fuga. Poi c'erano i nomi dei vicini, le loro descrizioni e alcuni spostamenti strani. In diverse pagine poi, erano segnalati i numeri di targa e orari di avvistamenti di macchine o furgoni sospetti.

Per esempio, qualche mese prima avevano notato dei camioncini sospetti parcheggiati proprio di fronte a casa loro.

I genitori dissero che si trattava di una ditta che stava ristrutturando la casa della signora Marisa, la mamma di Lucia, la ragazza che qualche sera aveva fatto loro da *babysitter*.

I due fratellini non rimasero troppo convinti. Infatti, presero nota dei vari furgoncini sospetti che restarono parcheggiati sul viale per diversi giorni. Le scritte non lasciavano dubbi sul fatto che fossero delle coperture! In bella vista c'era quella dei Restauri Amauri: "Con i nostri lavelli, avrete bagni più belli!". Poi c'era uno con un grosso disegno di una lampadina dei fratelli Luce... e infine gli imbianchini della ditta di Bruno Rossi Bianchi. Nessun dubbio in effetti!

Non solo. In quei giorni apparve pure uno scavatore per dei lavori stradali poco lontano. Si vedeva chiaramente come gli operai fossero agenti in copertura. Secondo gli appunti:

- Iniziano tardi e finiscono presto! Abbiamo fatto un confronto con l'orario di lavoro di papà!

- Si stancano troppo facilmente! Molte pause e spariscono per troppo tempo.

- Sul cantiere si presentano diverse persone a controllare e danno consigli ai finti operai su come fare il lavoro! Vista l'età sono sicuramente dei veterani!

Il quadernone era una risorsa troppo preziosa per tenerlo in bella vista, per questo Luca lo nascondeva per bene e, come capitava spesso, non era facile ritrovarlo.

«Eccolo!» disse finalmente.

Luca si sedette sul letto vicino al fratellino, aprì il quadernone rosso nella pagina della mappa della casa e disse:

«Adesso dobbiamo studiare un bel piano!»

Quando ti dico che questi due ragazzi erano veramente speciali, è perché io so cosa accadde in quella stanza. Le idee che ebbero furono una più bella dell'altra. La cosa più importante però, fu la decisione di affrontare quella missione insieme e con un piano ben orchestrato.

Non starò qui a dirti quale fu il loro piano ma farò di meglio: ti racconto cosa avvenne e come andò a finire!

Marco si posizionò sulle scale a sorvegliare la cucina da dove, ti ricordo, proveniva la puzza di verdure cotte. Pochi minuti e l'occasione di mettere in atto il piano sarebbe arrivata. Luca, infatti, aveva sentito che la lavatrice nel bagno era in funzione e in piena centrifuga. Impossibile non sentire tutto quel baccano. Sapeva che la lavatrice si sarebbe fermata di lì a poco e quello sarebbe stato il momento migliore.

Come previsto, il fratello messo di guardia non dovette aspettare molto.

Appena la lavatrice smise di funzionare, Marco andò alla porta della camera e bussò con il segnale prestabilito.

Toc, toc toc, toc, toc toc!

«Codice sbagliato! Ripetere!» disse Luca, dall' altra parte della porta.

Toc toc, toc, toc toc, toc!

«Non è questo il codice!»

«Dai Luca, non lo ricordo!» fece timidamente Marco.

Luca aprì la porta e iniziò uno dei suoi discorsi da fratello maggiore:

«Ogni missione deve essere portata avanti con precisione e...»

«È arrivato il momento di procedere!» lo interruppe furbamente Marco.

«Bene! Seguimi senza fare rumore!»

I due fratellini si avvicinarono alle scale con passo silenzioso.

Luca imitò con le mani una pistola e controllò, rannicchiandosi sul primo scalino, se da giù nessuno salisse le scale.

Marco si appoggiò alle sue spalle e con entrambe le mani "a pistola", controllava che il piano superiore fosse libero a destra e a sinistra.

«Libero!» disse sottovoce Luca.

«Libero!» ribatté l'altro.

Scesero alcuni scalini e si accovacciarono a spiare la cucina da dove proveniva un dolce canticchiare. In sottofondo una serie di rumori che i ragazzi riconobbero: lo sbuffo che si sente quando si apre il frigorifero, seguito dal ticchettio delle bottiglie, i cigolii delle ante e... lo scorrere dell'acqua del lavandino.

«Preparati, sta per uscire!» disse Luca, sicuro di sé.

«Come fai a saperlo?» rispose Marco, senza badare al tono della voce.

«*Shhh*! Abbassa la voce!».

«Come fai a saperlo?» ripeté sottovoce.

«Si sta lavando le mani!»

«Uao!»

«*Shhh!*»

«Scusa» disse Marco, dispiaciuto.

«Adesso andrà nel bagno a prendere i panni dalla lavatrice! Avremo pochi secondi per nasconderci. Sei pronto?»

«Sì!» rispose Marco, standо bene attento a tenere basso il tono della voce.

In quel momento, la mamma uscì dalla cucina ed entrò, come previsto da Luca, nella stanza in fondo al corridoio senza smettere di canticchiare. Era il bagno di servizio dove c'era la lavatrice. I ragazzi si scambiarono uno sguardo d'intesa e poi si fiondarono giù per le scale come due veri agenti segreti.

Luca saltò qualche gradino e nella parte finale si aggrappò a volo al passamano in legno. Scivolò in gran velocità fino alla fine della scalinata e con un ultimo grandissimo balzo, fece un salto all'indietro e atterrò sulla poltrona. Poi si lasciò scivolare oltre il divano, dove si nascose.

Marco rimase un passo indietro a coprire le spalle al fratello, sempre con le mani "a pistola".

Ora toccava a lui.

Scese le scale a saltelli velocissimi e silenziosissimi. Arrivato all'ultimo gradino, si lanciò sul divano con un gran tuffo a capriola. I cuscini sbalzarono in aria. Con un ultimo salto, raggiunse il fratello dietro la poltrona.

Ti starai chiedendo se veramente i due hanno fatto quello che ti ho raccontato.

Forse agli occhi degli altri i due fratelli sono scesi per le scale solo un po' di corsa e con un saltino finale; ma se sei un lettore speciale, di quelli che hanno sbloccato i capitoli che non dovrebbero esistere, allora sono sicuro che non avrai difficoltà a credere che quei salti sono stati veramente fantastici!

«Uao! Hai fatto un salto all'indietro spettacolare!» disse Marco, dimenticandosi di tenere il tono basso.

«*Shhh!*» lo rimproverò subito Luca. «Anche il tuo tuffo a capriola è stato fortissimo!»

«I cuscini sono arrivati al soffitto!» disse entusiasta Marco, allungando il braccio in aria.

«Ok! Ok! Ma ora abbassa quel braccio! Dobbiamo restare nascosti».

«Giusto!» disse Marco, sistemandosi per bene dietro al divano.

Ora non restava che aspettare la seconda fase, che non sarebbe tardata ad arrivare.

Non attesero molto. La mamma uscì dal bagno con la bacinella piena di panni e andò in veranda.

Una volta fuori, Marco fece per alzarsi ma Luca lo fermò all'istante.

«Aspetta!» disse serio.

Un secondo dopo la madre tornò indietro sbuffando e Marco guardò il fratello maggiore meravigliato.

Luca gli fece segno, con il dito sulle labbra, di non fare rumore. Marco sillabò «Uao» senza emettere un solo suono.

Un attimo dopo la madre tornò in veranda con il cestello delle mollette da bucato.

«Dimentica sempre qualcosa» disse Luca sottovoce. Poi alzò la testa oltre il divano e si guardò intorno. «Fase due: pronto! Andiamo.»

I fratellini si precipitarono in cucina come saette e uscirono esattamente un minuto e tredici secondi dopo. Salirono le scale e si nascosero giusto tre secondi prima che la mamma rientrasse in casa e poi in cucina.

Cosa avevano combinato in cucina?

Io lo so bene, ma per rendere la storia ancora più appetibile (non a caso ho scelto questo termine), farò un salto di sei minuti e quarantasette secondi più avanti, quando stava per iniziare la terza fase del piano.

«Quando arriva?» fece Marco un po' annoiato.

«Abbassa la voce!» rispose Luca, senza distrarsi troppo.

«Sì, va bene. Ma quando arriva?»

«Da un momento all'altro!»

Luca guardò l'orologio al polso, più che altro per dare credibilità alla risposta. Marco non era uno che sapeva pazientare, così un secondo dopo tornò a tormentare il fratellone.

«È arrivato?»

«No».

«È arrivato?»

«No».

«È arrivato?»

«No».

«È arrivato?»

«No».

«È arrivato?»

«Ti sembra che sia arrivato qualcuno?» rispose ad alta voce Luca, esasperato.

«*Shhh!* Abbassa la voce» lo zittì Marco.

Luca gli diede un'occhiataccia e Marco fece il gesto di sigillare le labbra.

Non lo avrebbe più chiesto. E così fu, perché in quel momento esatto, le luci di un'auto che entrava nel vialetto di casa, illuminarono l'ingresso.

«Eccolo!» disse fiero Luca.

Marco si mise dritto e tornò a guardare la porta d'ingresso con molta più attenzione. La porta si aprì e comparve suo padre.

«Sono a casa!» disse, mentre appoggiava la valigetta a terra e si toglieva la giacca. «Federica, ci sei?»

«Sono in cucina!» rispose la moglie.

I ragazzi lo spiarono fino a quando entrò nella cucina. Scesero alcuni gradini per sentire meglio.

«Credi che andrà tutto secondo i piani?» chiese Marco incerto.

«Come?» rispose distrattamente Luca che era più interessato a cosa succedeva in cucina.

«Credi che andrà tutto secondo i piani?» ribadì Marco.

«Speriamo!»

«Se poi...»

Luca diede un'altra occhiataccia al fratello che capì subito e si zittì. I due tornarono a spiare i genitori.

«Cos'è questa puzza?» chiese il marito.

«È la cena e non puzza! Si tratta dell'odore di una sana e nutriente minestra di verdure.»

«Ancora? Ma non lo avevi fatta l'altro ieri?»

«È stato più di una settimana fa» rispose la mamma determinata. «E poi le verdure fanno bene!»

«Ma stasera c'è la partita!» fece l'uomo un po' preoccupato.

«Prima la minestra e poi la partita!»

«Immagino come saranno entusiasti i ragazzi quando lo sapranno» ironizzò il papà. «Va bene, li vado a chiamare.»

I due furono colti di sorpresa. Erano a mezza scalinata e non avrebbero mai fatto in tempo a nascondersi.

Il padre arrivò sulla soglia della cucina e avrebbe scoperto che li spiavano.

«Aspetta!» disse la mamma. «Assaggia quando è buona la mia minestra.»

I ragazzi allungarono il collo e attesero impazienti. Dalla cucina arrivò un "*blaa*" di disgusto molto forte seguito da qualche versaccio incomprensibile.

«Cosa succede?» chiese preoccupata la mamma. «È bollente?»

«Magari! È salatissima!»

«Non capisco» disse la mamma pensierosa.

I due risalirono le scale trattenendo le risate. Il papà uscì dalla cucina e si avviò verso l'ingresso.

«Eh, ti sarai distratta e lo avrai aggiunto più volte» disse. «Non ti preoccupare, faccio un salto in centro e vado a prendere un po' di pizza.»

I ragazzi esultarono in silenzio: il piano era riuscito alla grande!

La minestra era stata sabotata e alla serata "partita in salotto" si era aggiunta anche la pizza: non poteva andare meglio!

«Siamo due grandi agenti segreti!» affermò entusiasta Luca.

«Qui Agente 007 a base: missione compiuta!» disse Marco. «Aspetta! Se tu sei l'Agente 007 io chi sono?»

«Non esistono due 007, quindi tu sei 008!» rispose Luca.

«Voglio essere io 007!» implorò Marco

«Io sono l'Agente 007. Tu sei 008» ribatté Luca.

«Sette!»

«Otto!»

«Sette!»

«Otto!»

«SETTE!»

«*Shhh!* Abbassa la voce.»

Vorrei dirti che tutto andò liscio e che la serata pizza andò come i ragazzi avevano previsto ma non fu proprio così.

Mentre i due ragazzi erano distratti nel decidere chi fosse l'Agente 007 e chi l'Agente 008, la madre iniziò a guardarsi attorno e a notare qualcosa di strano. Lei era una grande osservatrice e più volte, i figli, avevano provato sulla loro pelle le sue grandi doti di investigatrice.

In quel momento la donna pensava e ripensava a come i ragazzi non si fossero né sentiti, né visti per tutto il pomeriggio: strano per due piccole pesti come loro. Poi vide i cuscini sul divano che erano fuori posto e infine un piccolo luccichio a terra, che andava dalla cucina verso le scale. Quello doveva essere sale, pensò.

«Hai ragione tesoro» disse la mamma avvicinandosi al marito mentre usciva di casa. «Forse è meglio prendere la pizza per stasera.»

Salutandolo con un bacio sulla guancia, ne approfittò per bisbigliargli qualcos'altro nell'orecchio.

Potrei dirti subito cosa gli disse, ma non voglio rovinarti la sorpresa, tanto non dovrai aspettare molto.

Il padre tornò esattamente quindici minuti e trentadue secondi più tardi urlando ad alta voce:

«Pizza! Pizza!»

Appena varcò la soglia di casa, i ragazzi scesero la scale felici e di corsa, ma…

«Sono per voi le ortolane?» chiese il padre.

«ORTOLANE?» dissero delusi, all'unisono, i due fratelli.

«Ma come le ortolane?» continuò Luca. «A me piace la capricciosa!»

«A me con il prosciutto!» aggiunse rassegnato Marco.

La madre li guardava seria e a braccia incrociate. I ragazzi nascosero la testa nelle spalle.

«*Ops!* Credo che ci abbia scoperto!» disse timidamente Marco.

«Sono molto delusa di voi!» disse seria.

«Mamma…» provò Luca, senza alzare lo sguardo.

«Niente scuse, AGENTI!» li apostrofò.

Sorpresi, Luca e Marco alzarono la testa. Veramente la mamma li aveva chiamati "agenti"?

«Questa missione è stato un fallimento totale! Avete lasciato indizi in giro per tutta la casa» indicando i cuscini del divano. «Anche vostro padre li avrebbe notati!»

«Ehi?» provò a difendersi il papà.

«Si occupi della pizza, soldato!» ribatté la moglie.

Il papà si mise sull'attenti e nel fare il saluto militare, per poco non fece cadere le pizze.

«*Ops!* Sì, signora!» disse e poi scappò in cucina.

I ragazzi risero. Anche la mamma.

«Mi aspetto da voi un comportamento più leale, per le prossime missioni!» riprese la madre.

«Certo, mamma!» disse Luca un po' imbarazzato.

Lei si chinò e lo guardò seria negli occhi:

«Come hai detto, agente?»

«Ehm… Sì, signora!»

«Bene! Andate in cucina ad aiutare quel pelandrone di vostro padre. C'è una partita da vedere questa sera e non voglio fare tardi.»

I ragazzi corsero in cucina. Luca tornò sui suoi passi.

«Mamma…»

La madre si voltò.

«Sei la migliore!» disse mentre spariva in cucina.

Prima di raggiungere figli e marito, sistemò i cuscini del divano. Lo fece canticchiando felicemente.

ZERODUE

DOVE DANILO SCOPRE DI ESSERE UN CAMPIONE

Ti piace lo sport? A me piace tantissimo. Da ragazzo ne praticavo alcuni ma posso confessarti che ero super appassionato di "lancio libero del popcorn"! Dalle mie parti è diventata una disciplina olimpionica solo da qualche anno. La regola di base è semplicissima: lanciare in alto un popcorn e prenderlo con la bocca al volo, senza farlo cadere a terra.

Le gare a cui puoi partecipare sono due: il "lancio in alto" dove si misura l'altezza del lancio e lo "sprint", che consiste nel mangiare un numero preciso di popcorn in meno tempo possibile. Adoro guardare tutti gli sport in televisione e devo ammettere che sono molto affascinato anche dallo sport comune, in particolare il *curling*.

Sai qual è? Quello dove ci sono dei tizi che fanno scivolare dischi di granito sul ghiaccio.

La cosa veramente divertente è vedere gli altri componenti della squadra che sfregano via via il ghiaccio con degli scopettoni, così da regolare la velocità del disco lanciato. Se non sai di cosa parlo, ti consiglio di fare una ricerca.

Danilo, invece, era un giovane undicenne, vero appassionato di calcio. Conosceva le formazioni delle squadre del campionato, le caratteristiche dei giocatori più forti, nonché la classifica dei cannonieri, del miglior difensore e i *record* di imbattibilità dei portieri.

In lui la passione per il calcio, come avrai capito, era veramente grande. Ti dico di più: si impegnava anche a praticarlo ed era molto bravo. Aveva un'ottima tenuta di palla e un bel tiro, non potente ma molto preciso ed era fortissimo sulle punizioni. Quando giocava, era divertente guardarlo sia dal campo che dalla tribuna. La sua vera qualità, indovina un po' qual era?

La fantasia.

Capitava che la sua squadra perdesse qualche partita, ma per lui la cosa fondamentale era divertirsi: l'importante era dare il meglio di se stessi e metterci tanta, tanta passione.

Danilo giocava con la squadra giovanile del quartiere e come ho detto era molto bravo, tanto che l'allenatore lo designò capitano. Inoltre poteva contare sull'appoggio di Paolo, il suo miglior amico, non solo in campo ma anche nella vita di tutti i giorni. Frequentavano la stessa scuola, vivevano nella stessa palazzina ma soprattutto si divertivano tantissimo assieme.

Paolo era un altro ragazzo speciale. A volte anche troppo fantasioso. Era estroverso, sempre pronto alla battuta e si annoiava troppo facilmente.

Un pomeriggio si allenavano nel campetto di fianco alla loro palazzina.

«Uffa però, sono ore che palleggiamo» fece Paolo, sbuffando.

«Ma se non sono passati neanche cinque minuti» ribatté Danilo, senza smettere di colpire la palla.

«Sembrano ore, anzi giorni! Ma che dico, mesi! Anni! Secoli! Millenni! Quando abbiamo iniziato, a guardarci c'erano i dinosauri!»

«Il palleggio è importante per migliorare il controllo della palla» disse prontamente Danilo all'amico.

«Ma rischio di morire di noia» ribatté Paolo. «Ho pensato che potremo rendere la cosa più divertente.»

Danilo stoppò il pallone a terra e guardò serio l'amico.

«Di solito, quando dici così, finiamo in qualche guaio.»

«Non è vero!» disse Paolo con un sorriso beffardo.

Danilo alzò la palla, con la punta del piede e la prese in mano.

«Ti ricordi quando volevi rendere più divertente la spesa al supermercato?» Avvicinandosi all'amico, aggiunse serio: «Ti sei messo dentro un carrello della spesa e con una scopa "remavi" lungo i corridoi del supermercato, urlando di essere il pirata Barbanera».

«Ma... ma...» balbettò nervosamente l'amico.

«Ricordami come è andata a finire.»

Paolo cercava di sfuggire dallo sguardo serio dell'amico guardando in alto e fischiettando.

«Paolo, com'è andata a finire?» insisté Danilo.

Paolo deglutì.

«Ehm... il carrello prese velocità e facemmo cadere la pila di barattoli di piselli in offerta.»

«Facemmo?» replicò Danilo.

Paolo nascose il sorriso con una smorfia.

«Non ridere! Sono stato in punizione per dieci giorni» ribatté Danilo serio.

«Però è stato divertente!» disse Paolo, questa volta senza nascondere il sorriso. «Ti ricordi il padrone del supermercato? Per la paura è saltato sul posto e gli è caduto il parrucchino» aggiunse.

Danilo cercò di fare la faccia arrabbiata ma poi iniziò a sorridere.

«Ricordi?» proseguì Paolo. «Il parrucchino è andato a finire tra i piedi di quella vecchietta della nostra palazzina: quella del primo piano, la signora Martini.»

Danilo portò le mani sulla bocca cercando di soffocare le risate.

«Gridava così forte che sembrava un allarme antincendio!»

Danilo divenne rosso. Stava per esplodere.

«Convinta che fosse un topo, diede un calcio al parrucchino e lo fece volare sulla faccia della ragazza alla cassa.»

Danilo scoppiò in una risata fragorosa.

«Questa, seduta, cadde all'indietro facendo volare in aria una ciabatta che finì dritta dritta tra la spesa di un cliente in fila.»

Danilo si premeva la pancia per il ridere.

«Lo vedi che è stato divertente?» concluse soddisfatto Paolo.

I due risero di gusto per almeno dieci minuti. Paolo imitava i gesti dei protagonisti della storia e Danilo lo implorava di smettere perché le risate lo facevano rimanere senza fiato.

Una volta calmato, Danilo la diede vinta all'amico:

«E va bene, cosa proponi per rendere gli esercizi di palleggio più divertenti?»

«Ho una bellissima idea! Vai più indietro. Ecco... Sei pronto?»

«Per cosa?» domandò preoccupato Danilo.

«Per il palleggio-super-tiro-sonico-parabola-a-cometa!»

«Nooo! Aspetta!» urlò Danilo cercando di fermare l'entusiasmo dell'amico.

Non fece in tempo.

Il tiro di Paolo finì dritto sulla finestra della signora Martini. Quella famosa del primo piano. Il vetro si frantumò in mille pezzi.

Il risultato? Danilo e Paolo furono messi in punizione per cinque giorni. Per fortuna, il castigo inflitto finì giusto giusto il giorno prima dell'inizio del campionato juniores.

Devo confessarti che ci fu il mio zampino se la punizione durò solo cinque giorni. Sapevo che Danilo ne avrebbe presa una di sette giorni, ma non potevo permettere che non giocasse la prima di campionato. Era troppo importante, non solo per lui. Così chiesi un favore a un mio amico che lavora nel settore "Riduzioni punizioni e affini".

Perfino l'allenatore era così preoccupato che andò a casa e ordinò loro di comportarsi bene.

Alla fine i ragazzi giocarono tutte le partite e la fase eliminatoria andò benissimo. La squadra di Danilo si qualificò per i quarti di finale.

Gli incontri successivi sarebbero stati un po' più difficili. Danilo iniziò a sentire il peso delle responsabilità perché le successive gare sarebbero state dure. Si sentiva all'altezza?

Paolo, invece, non aveva dubbi sull'amico capitano e lo esaltava davanti a tutti.

«Vedrete, ci penserà il capitano a fare un paio di "golletti" a quelli là!» diceva ogni volta che parlavano del campionato.

«Smettila Paole'! E non chiamarmi capitano, te l'ho detto tante volte» disse Danilo distratto.

«Ma tu sei il capitano.»

«Mi metti ansia! Poi non è detto che riusciremo a batterli.»

«Perché no? Basta continuare come abbiamo fatto fino adesso!» ribatté Paolo senza esitazione. «Io supero il centrocampo, poi te la butto in area e tu *boom*! Dritto in porta!»

Paolo si tirò la maglietta sulla testa, restando a petto nudo esultando per il gol immaginario.

«*Gooool!*» urlava di gioia. «Dal campo centrale» iniziò la telecronaca «vi informiamo che Danilo ha segnato un altro gol. Per correttezza dobbiamo segnalare il meraviglioso *assist* del superbo Paolo che...»

«Attento!» gridò Danilo.

Paolo, con la testa coperta dalla maglietta, non si accorse che si dirigeva dritto verso i tavoli esterni del Bar Sport, dove tre anziani giocavano a carte. L'urlo di Danilo fu provvidenziale. In piena corsa Paolo fece in tempo ad abbassare la maglietta e a "dribblare" i tre signori, ma non riuscì a evitare di cadere nella fontana della piazza. Qualche schizzo arrivò comunque al tavolo ma, per fortuna, il proprietario era un grande tifoso della loro squadra.

«Speriamo che tutto questo entusiasmo lo vedremo in campo» disse a Paolo, tutto bagnato nella fontana.

Paolo si raddrizzò di colpo schizzando altra acqua in giro.

«Tranquillo, ci pensiamo io e il capitano!»

I risultati dei quarti di finale non lasciarono dubbi: vinsero due a zero all'andata e uno a zero nel ritorno. Danilo segnò un gol a partita. Era il capocannoniere del campionato. Poteva sembrare che tutto andasse per il meglio ma io sapevo che Danilo era sempre più preoccupato.

«Hai visto? Che ti dicevo? Facile!» disse Paolo dandogli una pacca sulla spalla. «Sei pure capocannoniere!»

Però, le successive due partite della semifinale non furono belle per Danilo. Nella partita dell'andata non giocò molto bene: niente fantasia ma solo tanta paura di sbagliare. Finì zero a zero in casa. Per una settimana si sentì osservato e giudicato da tutti quelli che incontrava. La verità era che nessuno gli dava la colpa, ma lui continuava a pensarlo. Per fortuna c'era sempre Paolo al suo fianco che lo distraeva.

Nella gara di ritorno, la paura di sbagliare c'era ancora. La partita finì uno a zero per loro, con un gol all'ultimo minuto. Il gol lo fece un compagno di squadra che, negli spogliatoi, confessò di aver tirato male.

«Nessun tiro è sbagliato se finisce in rete!» ribatté Paolo.

Risero tutti. I ragazzi festeggiarono la finale

conquistata. In disparte solo Danilo, rimase seduto in silenzio in un angolo.

La finale era stata fissata dopo due settimane e lui continuava a non sentirsi all'altezza dell'impegno. Pensò che forse sarebbe stato meglio chiedere al Mister di non farlo giocare. Si alzò per dirglielo, ma Paolo lo prese sottobraccio trascinandolo al centro dello spogliatoio.

«Ehi! Non dimentichiamoci del nostro capitano! Ringraziamolo soprattutto per aver giocato sotto tono, in questo modo sarà più riposato per la finale» disse Paolo gesticolando come un attore di teatro. Poi, rivolgendosi al ragazzo che aveva fatto il gol della vittoria, aggiunse: «Anche perché, tu non avresti segnato!».

Risero tutti di nuovo e iniziarono a prendere in giro il ragazzo, ma molto allegramente. Erano tutti felicissimi e anche Danilo fu conquistato da tanta gioia. Rise anche lui e festeggiò la vittoria assieme a loro.

Le due settimane passarono abbastanza in fretta. Per Danilo, anche troppo.

La squadra entrò in campo, ma lui si fermò. Voleva rimanere da solo. Cercava la giusta concentrazione. Alle sue spalle i rumori dei tacchetti sulle mattonelle lo avvisavano che non era solo.

«Sei pronto, capitano?» esordì Paolo.

«Oh, ma quante volte debbo dirti di non chiamarmi capitano!»

I due ragazzi entrarono in campo per fare riscaldamento.

«Siamo nervosetti, eh?» chiese Paolo.

«Tu che dici? È la finale» rispose secco Danilo.

«Embe', qual è il problema? Tu sei Danilo, capitano della squadra nonché capocannoniere del campionato.»

«Grazie tante, Paole'! Le mie ansie sono arrivate alle stelle. Tu sì che sai come aiutarmi, guarda un po'!» disse con sarcasmo Danilo.

«Di nulla, capitano.»

Danilo lo guardò interrogativo. Si domandò se l'amico fosse veramente così com'era o se facesse solo finta. Paolo gli sorrise allegramente, come se avesse letto i suoi pensieri.

Danilo stava per chiederlo quando all'improvviso, davanti a loro due, comparve Bruno, un ragazzone tutt'altro che simpatico.

Per farti capire che tipo è, ti posso dire che se lui dovesse prendere questo libro in mano per la prima volta, i capitoli che non dovrebbero esistere, non comparirebbero mai e poi mai! Bruno è tutt'altro che curioso e fantasioso. È il tipo che ti copia i compiti, fa lo sgambetto e ruba la merendina. Non dovrei dirlo ma questo Bruno non mi sta davvero simpatico.

«Guarda, guarda! Il buffone e il campione!» disse spavaldo.

«Ehi! Danilo non è un buffone!» ribatté subito Paolo.

Bruno lo ignorò completamente.

«Pensavi che oggi fosse il tuo grande giorno? Ti sbagli!» disse Bruno guardando Danilo dritto negli occhi. «Ti do un consiglio, non prendere palla. Anzi, perché non resti in panchina così eviti di farti male?»

Dopo la minaccia, Bruno si allontanò sghignazzando.

«Tu ricordati la bussola, per capire qual è la tua porta!» cercò di ribattere con fermezza Paolo, ma non gli riuscì benissimo. Poi si rivolse all'amico: «Dici che ci ammazzerà?» fece sconsolato.

«Lui che ci fa qui?» chiese Danilo preoccupato.

«Bruno? Gioca nella squadra avversaria!»

«Tu lo sapevi?»

«Sì, perché?»

«Come perché? Quello è un bullo! A scuola è un incubo. Terrorizza chiunque gli capiti a tiro!» disse preoccupato Danilo.

«Motivo in più per batterlo!»

«Paole', quella è la squadra con la difesa più forte del campionato!» rispose scoraggiato.

«Ma di che ti preoccupi? Questo è il momento migliore per sconfiggerlo. L'imbattibile Bruno, assaggerà l'amaro boccone della vendetta!»

Paolo un po' ne era convinto per davvero e un po' voleva incitare l'amico. In realtà Bruno era fisicamente più grande degli altri ragazzi e la sua stazza, oltre a renderlo più possente fisicamente, lo faceva anche più minaccioso. Nella testa degli avversari questo era un deficit di partenza. Tutti lo affrontavano con paura. Con poca convinzione.

Così il primo tempo finì zero a zero e con tante ammaccature per Danilo e compagni.

«È già finito il primo tempo?» chiese Paolo dopo il fischio dell'arbitro.

«Sento dolore in ogni parte del corpo!» disse Danilo tornando verso gli spogliatoi zoppicando.

«Gli faremo vedere chi siamo nel secondo tempo, su!» disse Paolo con il suo innato ottimismo.

«Sì, come no!» rispose Danilo senza convinzione.

Paolo avanzava con fatica premendosi il lato destro del corpo. «Sai, credo di avere la milza spappolata!»

«La milza sta dall'altra parte!»

«Stava dall'altra parte» rispose affaticato l'amico.

Nello spogliatoio di casa regnava il silenzio. Da quello ospite, oltre il muro, arrivava il brusio dei festeggiamenti di chi pregustava la vittoria.

Danilo tastava nervosamente la fascia di capitano. Guardò i compagni uno a uno: erano affaticati e demoralizzati. Nessuno osava dire qualcosa. Nemmeno Paolo aveva una battuta per l'occasione.

«Cosa sono queste facce?» intervenne quasi a sorpresa l'allenatore. «Ragazzi, state giocando bene, fidatevi! Non abbiamo subito gol e questo è più che importante!»

Il capitano avrebbe dovuto alzarsi in piedi e sostenere le parole dell'allenatore. Incitare i suoi compagni e farli sentire invincibili: almeno questo si aspettava Paolo.

Dalla bocca di Danilo uscirono solo quattro parole pregne di rassegnazione:

«Non riusciamo a segnare.»

I compagni lo guardarono ancora più sconsolati. Paolo fece una piccola smorfia di disapprovazione.

Danilo senza alzare la testa, provò ad aggiungere qualcosa:

«Quel Bruno è... è...»

«È battibile!» urlò Paolo mettendosi in piedi. «Ci pensiamo io e il capitano!»

Devo dire che nonostante Paolo avesse un bel carattere e non si scoraggiasse tanto facilmente, quella volta fu colpito duramente da Danilo. Si aspettava che reagisse alle sue parole, ma non lo fece.

«Non credo proprio Paole'» rispose Danilo senza alzare la testa. «Mister, forse... forse è meglio se mi sostituisce!» aggiunse.

Paolo guardò l'amico con uno sguardo misto tra delusione e rabbia. Non era da lui arrendersi così. Non lo accettava.

«Danilo, nessuno è imbattibile. Tanto meno quel Bruno!» intervenne deciso l'allenatore. «Adesso rientriamo in campo e facciamo vedere chi siamo!» aggiunse con grinta.

Danilo non reagì. I compagni lo guardarono in cerca di fiducia. Paolo lo fissò, ma Danilo restò seduto al suo posto, sfiduciato.

«Andiamo! Dai! Dai!» li incitò l'allenatore, mentre uscivano dagli spogliatoi.

Danilo restò solo con i suoi pensieri: guardava quella fascia di capitano tra le mani, alla ricerca di chissà quali risposte.

Qualcuno stava entrando nello spogliatoio. Pensò che si trattasse di Paolo, tornato indietro.

«Dai Paolo, tra poco esco...»

«Ti hanno sostituito?» chiese l'uomo fermo davanti alla porta.

Quando Danilo lo vide "riconobbe" l'inserviente: indossava una *salopette* e in mano aveva un vecchio scopettone.

«Scusa?» chiese timidamente Danilo.

«Volevo sapere se ti hanno sostituito?» domandò di nuovo l'uomo.

«No! Cioè non credo.»

«Ah, ecco. Lo dicevo io!» disse con determinazione mentre iniziava a passare lo scopettone per terra.

«Come, scusi?» chiese confuso Danilo.

«Non sei uscito con i compagni e allora ho

creduto che l'allenatore ti avesse sostituito!» rispose l'inserviente continuando a spazzare. «Stai giocando bene, non era una scelta da fare.»

«Giocando bene? Come no!» disse Danilo sconfortato.

«Be', quel ragazzone in difesa è forte. Anche un po' prepotente. Ma tu non ti sei arreso, no? Hai provato e riprovato.»

Danilo rimase in silenzio. L'uomo vide che il piccolo Danilo era scoraggiato e non aveva la giusta grinta per affrontare il secondo tempo. Fu così che pensò di dargli una mano.

«Allora vuol dire che hai bisogno di un piccolo aiuto» disse l'uomo sedendosi di fronte a lui. «Devi sapere che io, quando ero un ragazzino come te, non per vantarmi, ero bravo come giocatore.»

Danilo lo guardò con perplessità.

«Che c'è?» chiese quasi offeso l'inserviente. «Ti assicuro che quando giocavo io, c'era da divertirsi.»

«Non lo metto in dubbio!» disse poco convinto Danilo mentre si alzava per tornare in campo.

«Quando avevo questa con me, dovevi vedere cosa combinavo in campo!» fece l'uomo mentre tirava fuori dalla tasca una vecchia fascia da capitano.

Danilo si avviò verso l'uscita.

«Prendila!» disse l'inserviente porgendola al giovane capitano.

Danilo rimase perplesso.

«Oh, giovanotto! Guarda che questa è una fascia da capitano. La mia fascia di capitano. Prendila!»

«Ecco...» balbettò Danilo mentre scivolava via. «La ringrazio, ma devo tornare in campo. Il secondo tempo sta per iniziare. È meglio se...»

«La fascia è un simbolo importante per la squadra! Chi la porta è quello che ha il coraggio di guidare gli altri, ma soprattutto è in grado di guidare se stesso.»

Danilo rimase immobile sulla porta degli spogliatoi.

«Potrai pensare che non serve a niente ma chi non ha coraggio, chi non osa ha perso già in partenza» continuò porgendogli di nuovo la fascia. «Anche la fiducia è un atto di coraggio.»

Danilo prese timidamente la vecchia fascia dalle mani dell'inserviente e tornò in campo.

So per certo che Danilo uscì dagli spogliatoi ancora insicuro. Il ragazzo prese la fascia da quel signore più per gentilezza che per altro: non credeva che quella fascia potesse veramente aiutarlo.

«Ehi moccioso, sei rimasto in bagno perché te la stavi facendo addosso?» gli disse Bruno andandogli vicino.

Il secondo tempo stava per iniziare. I giocatori erano disposti in campo e attendevano il fischio dell'arbitro.

Danilo guardò di nuovo verso Bruno che sorrideva beffardo. Il ragazzone fece scrocchiare le dita in modo minaccioso. Il messaggio fu chiaro: stai alla larga se non vuoi farti male.

Il fischiò d'inizio echeggiò sul terreno di gioco. Danilo rimase fermo e timoroso a bordo campo. Aveva ancora la vecchia fascia in mano e non sapeva cosa farsene.

L'allenatore lo vide. «Be' che fai ancora lì? Va!» gli urlò.

Il capitano, sorpreso, entrò subito in campo. La vecchia fascia gli cadde a terra.

Fu in questo momento che tutto accadde. Io, a ricordarlo, ogni volta mi emoziono.

Paolo lo vide solo nella metà campo avversaria. Colpì il pallone facendo uno dei suoi bellissimi passaggi. La palla volava verso Danilo che invece era distratto dalla vecchia fascia che gli era caduta tra i piedi.

«Danilo! La palla!» lo riprese di nuovo l'allenatore.

Danilo vide la palla arrivare. Anche Bruno seguì la direzione del tiro e avanzò furiosamente verso di lui.

Danilo partì senza pensarci e andò incontro alla palla. Ai suoi piedi era rimasta impigliata la vecchia fascia. Stoppò la palla di petto con grande precisione e si liberò di un avversario con il pallone che scivolava docile sugli scarpini.

La fascia era ancora lì. Cercò di liberarsene scalciando qua e là, invece colpì il pallone un paio di volte, innescando diversi palleggi: piede destro, ginocchio sinistro e di nuovo piede destro. In questo modo, evitò un altro avversario che era entrato in una lunga scivolata, mentre Bruno si avvicinava sempre più minaccioso.

La fascia si attorcigliò alla caviglia sinistra. Danilo, cercando di liberarsene, colpì la palla di tacco che rimbalzò dritta sopra la sua testa.

Il giovane capitano si girò su se stesso per prendere la palla dall'altra parte saltando il terzo avversario. Stoppò la palla a terra nel momento preciso in cui si ritrovò Bruno di fronte che aveva caricato con la solita spietata furia.

Danilo fece un passo indietro e Bruno scivolò sulla palla finendo oltre il campo, franando goffamente sulla propria panchina, travolgendo i compagni.

La fascia volò via dalle gambe di Danilo e si posò delicatamente a terra davanti a lui. Danilo la raccolse mentre Paolo lo raggiungeva.

«È stato SPET-TA-CO-LA-RE!» disse Paolo. «Hai fatto una giocata magica!»

Danilo guardò la fascia con meraviglia.

«Sei sempre pronto a fargli vedere chi siamo?» chiese all'amico mentre se la allacciava al braccio.

«Prontissimo, capitano!»

Quello che successe dopo si può riassumere con il risultato finale della partita: tre a zero. Non serve dirvi per chi, vero?

Due gol li fece Danilo, di cui uno in rovesciata, mentre il terzo fu opera di Paolo, con un bel tiro da fuori aria. Bruno era stato battuto.

Appena l'arbitro diede il triplice fischio, Danilo si fiondò a bordo campo verso l'inserviente che guardava la partita.

«Questa fascia è magica!» disse all'uomo, preso dall'entusiasmo. «Con questa fascia posso diventare un vero campione, un professionista! Posso giocare nelle migliori squadre... nella Nazionale!»

«Tu dici?» domandò con calma l'uomo.

«Ma hai visto cosa ho fatto? Questa fascia è...»

«Una normalissima fascia» lo interruppe, prendendola dalle mani di Danilo. «Un pezzo di stoffa.»

«Ma come? Io... io...»

«Esatto, tu!» confermò l'uomo. «Hai iniziato a giocare bene quando hai capito che potevi battere l'avversario.»

«Non capisco» disse pensieroso Danilo. «I palleggi, le corse, la rovesciata...»

«Sono il risultato degli allenamenti: dei tuoi allenamenti» disse serio l'uomo. «Con l'impegno e la passione puoi ottenere quello che vuoi, non solo nel calcio ma anche nella vita di tutti i giorni. Nello studio, nel lavoro e anche nell'amicizia.»

Danilo guardò il suo miglior amico che festeggiava con gli altri. Tutti ridevano. Sicuramente aveva detto una delle sue battute.

«Un amico così non si trova tutti i giorni!» disse l'uomo al giovane capitano. «Ora vai! Va a festeggiare anche tu!» con queste parole si allontanò portandosi dietro la sua vecchia fascia.

«Non vai a festeggiare, Danilo?» chiese l'allenatore.

«Come? Ah, certo! Certo!» disse Danilo un po' confuso. «Mister, conosci quel signore?»

«Ma chi, Riccardo? Certo che lo conosco! Lui sì che è stato un vero campione. Ha giocato anche in Nazionale!»

«Cosa?» urlò di stupore Danilo.

«Pensa, ha iniziato a giocare proprio su questo campo.»

«Perché fa l'inserviente?» chiese sbigottito Danilo.

«L'inserviente? Ma chi ti ha detto che fa l'inserviente.»

Danilo rimase in silenzio.

«Riccardo» spiegò il Mister «è il proprietario del campo. L'ha comprato qualche anno fa e lo ha completamente ristrutturato. Dice che un campo di calcio aiuta noi grandi a ritrovare il vero spirito del gioco che avete voi piccoli e allo stesso tempo...»

«... a noi piccoli a diventare grandi!» completò la frase Danilo.

«Proprio così!» confermò fiero l'allenatore.

«DANILOOO??? Vieni, c'è la premiazione!» urlò Paolo dall'altra parte del campo.

Danilo si avviò subito ma poi si fermò dopo pochi passi. «Grazie Mister!» disse rivolto all'allenatore.

«Non mi ringraziare, l'anno prossimo gli allenamenti saranno ancora più duri!»

Danilo mise teatralmente la mano sul petto come se avesse subito un colpo al cuore.

ZEROTRE

DOVE GIANNI ED ELENA INCONTRANO UN ALIENO

Adoro i film d'avventura, in particolare quelli dove c'è da cercare un tesoro: magari di un vecchio pirata o di una civiltà perduta. Ci sono alcuni film che ho visto e rivisto tante di quelle volte, da ricordarmi le battute a memoria. Ne ho visti anche tanti di avventura del vostro mondo e devo dire che alcuni sono molto belli. Questi film mi hanno spinto più volte a intraprendere delle avventure mie. Ancora oggi, quando passeggio in un bosco, inizio a fantasticare. Addentrandomi nella fitta vegetazione, sogno sempre di trovare qualche città perduta e magari un bel tesoro nascosto.

Invece Gianni ed Elena, i gemellini di questa

storia, avevano una grande passione per i film di fantascienza. La loro stanza era tappezzata da disegni e poster che raffiguravano le locandine o le scene delle loro pellicole preferite.

Con i loro sette anni compiuti, da qualche mese, chiedevano in continuazione il permesso ai genitori di guardare anche quelli più spaventosi, quelli con gli alieni brutti e cattivi.

La mamma non voleva. «Non siete abbastanza grandi» ripeteva ogni volta.

«Quando lo saremo?» chiese Gianni.

«Domani?» domandò speranzosa Elena.

«No, non domani!» ribatteva la mamma.

«Dopodomani?»

«No! E nemmeno il giorno dopo e neanche quelli a seguire!» diceva con fermezza.

«Mamma, secondo il manuale dei viaggiatori spaziali, su Xierelan IV, nono pianeta del quadrante 57, i ragazzi a sette anni sono già adulti!» disse Gianni.

«E possono guidare le auto volanti!» aggiunse Elena.

«Ma qui siamo sulla Terra» replicava la madre. «Qui le regole le dettiamo io e papà!»

I gemellini avevano sentito parlare di questo film spaventoso sugli alieni dalla zia, la sorella di mamma. Era una sera d'inverno e loro erano rimasti a origliare dietro la porta della cucina, cercando di cogliere più dettagli possibili.

La zia per fortuna aveva una bella chiacchiera, come diceva sempre il loro papà. Era una che amava molto i pettegolezzi. Conosceva tutto sui personaggi famosi della televisione, ma soprattutto si vantava di sapere ogni cosa sul vicinato.

Quando i ragazzi la sentirono dire che non aveva dormito per quanto era stato spaventoso quel film sugli alieni, si nascosero cercando di non farsi scoprire dalla mamma. Peccato che pochi secondi dopo furono scoperti dal padre per cui dovettero andare in camera e fantasticare sui pochi dettagli a disposizione.

Gianni prese fogli e matita iniziando ad abbozzare qualche figura mostruosa. Elena, che ricordava meglio i pochi dettagli uditi dalla zia, lo correggeva. La testa doveva essere allungata un po', andava aggiunta la coda e dalla bocca doveva uscire un altro mostriciattolo. Non erano sicuri se avesse le ali. Gianni ne disegnò due grosse, nere, come quelle dei pipistrelli. A entrambi piacquero così e gliele lasciarono.

Quella notte tutti e due ebbero gli incubi e andarono a dormire in camera dalla mamma, obbligando il papà a trasferirsi sul divano.

Devo dire che a scuola i gemelli erano in gamba: Elena più brava con l'italiano, Gianni con la matematica. Entrambi amavano le scienze, specialmente l'astronomia. Quando si parlava del sistema solare e dei suoi pianeti iniziavano a fantasticare troppo e allora il maestro doveva riportarli con i piedi – è il caso di dirlo – sulla Terra.

Ai gemellini la fantasia non mancava. Spesso sognavano di fare viaggi spaziali ipergalattici. Fu così che un giorno costruirono la *ElenGy Space*, la loro super astronave. Come avrai sicuramente capito è la combinazione dei loro nomi: "Elen" e "Gi", con la "i" trasformata in "y". Il fatto che iniziasse con il nome della sorella non entusiasmava Gianni che provò in tutti i modi a inventare un nome diverso.

«Forse è meglio *GianEleny Space*!» disse poco convinto.

«Blaaa! È orrendo!» rispose disgustata la sorella.

«*GyEle Space*? *Giannelena Space*? *Gielenanni Space*?»

Gianni provò a inventarne altri mettendo il suo nome per primo, ma dovette ammettere che erano tutti brutti.

«Non importa il nome,» sentenziò la sorella, «la cosa più importante è che deve essere bellissima!»

«Robusta, per affrontare le tempeste di meteoriti» aggiunse Gianni.

«Ma anche comoda, per i viaggi lunghi!» si preoccupò Elena.

«Deve avere delle armi per proteggerci dai pirati astrali.»

«Non dimentichiamoci lo scudo protettivo!»

«E poi il teletrasporto!»

«E il bagno!» concluse Elena con decisione.

«Il bagno?» chiese sorpreso Gianni.

«Certo! Anzi, separati!» chiarì Elena.

«Possiamo usare il teletrasporto quando...»

«Non se ne parla!» lo interruppe la sorella.

«Ok! Ok!» fece Gianni rassegnato.

«Sarà spaziale!» concluse entusiasta Elena.

Come prima cosa i gemellini dovevano procurarsi un bel po' di cartoni. Fu un gioco da ragazzi: infatti, proprio dietro casa c'era il supermercato dove la mamma andava a fare spesa e, periodicamente, ogni tipo di scatole di cartone veniva accatastato vicino ai bidoni della carta.

Accumulata la quantità giusta, decisero di realizzare l'astronave in giardino. I genitori erano rassegnati da tutta quella ossessione per la fantascienza, ma orgogliosi da tanta determinazione. Fatta la struttura esterna in cartone, iniziarono ad allestire gli interni.

La cabina di pilotaggio fu realizzata con i vecchi computer dismessi del papà: due schermi e tre vecchie tastiere messe di fila diventarono il quadro di comando. Due cassette della frutta con dei cuscini e un vecchio manubrio di bicicletta divennero i posti di guida.

Elena convinse il papà ad aiutarla a posizionare due bauli affiancati, in verticale.

«Fantastico!» disse Gianni.

«Dici?» chiese perplessa Elena.

«Certo! Usare i bauli per le cabine del teletrasporto è un'idea magnifica!»

«Ah! Ecco... giusto! Cioè volevo dire, grazie!»

In realtà Elena li aveva pensati per i bagni, ma come cabine del teletrasporto non erano niente male. Alla fine i bagni non furono fatti.

I gemelli disegnarono gli ultimi particolari: Gianni fece i cannoni laser e le mitragliatrici all'esterno, mentre Elena realizzò un grosso parabrezza nella cabina di pilotaggio da dove si vedevano tantissime stelle e un bel po' di pianeti.

La navicella era bellissima, tanto che i compagni di scuola e i ragazzi del vicinato la guardavano con meraviglia. Alcuni ragazzi più grandi li presero in giro ma io so per certo che lo fecero solo perché invidiosi.

Per i loro viaggi, i gemelli costruirono anche due caschi che indossavano a ogni avventura, che fosse la scoperta di un nuovo pianeta o una missione di salvataggio contro i pirati astrali.

I due piccoli passavano molto tempo nella navicella, non solo a fantasticare o a immaginare viaggi stellari. Spesso ci andavano anche a fare i compiti.

Una notte, improvviso, arrivò un temporale e la mattina dopo trovarono la navicella distrutta dalla pioggia e dal forte vento. Ci rimasero davvero male.

Insieme al padre, non restò altro che buttare i rottami. Comunque si promisero che un giorno avrebbero costruita un'altra più grande e più bella.

La passione per la fantascienza non era sempre supportata dai genitori, specialmente se questa portava esiti non proprio positivi a scuola. Capitava, per esempio, che restassero svegli fino a tardi per vedere un film o qualche puntata dei telefilm più belli, per poi avere difficoltà a svegliarsi la mattina seguente ed essere non proprio reattivi a lezione. Fu uno di questi giorni che successe il fattaccio!

«Non ho parole!» fece la mamma sconfortata.

Quando i ragazzi finivano nei guai, i genitori li convocavano nella loro cameretta per un richiamo ufficiale e di solito seguiva anche la punizione.

«Che cosa abbiamo fatto per meritarci tutto questo?» aggiunse la mamma quasi disperata. «Vi rendete conto della figuraccia che avete fatto fare a me e vostro padre? Eh, vi rendete conto?»

«Ma noi...» provò a ribattere timoroso Gianni.

«Non ci provare!» lo interruppe la madre.

«Era una domanda quella, giusto?» chiese Gianni alla sorella.

«Sembrava anche a me!» rispose Elena.

«Non fare la spiritosa, signorina!» la rimproverò il papà severo.

«Non oso immaginare cosa dirà vostra zia quando lo saprà!» disse la mamma sempre più disperata.

«Infatti! Sappiamo benissimo quanto sia pettegola!» intervenne subito il papà. «Scommetto che lo verranno a sapere tutti in pochi secondi!»

«Quando lo saprà la nonna?» ribatté la mamma coprendosi il viso, quasi a vergognarsi. «Immaginate quando lo saprà, cosa dirà? Eh, immaginate cosa dirà?»

«Questa però è una domanda, giusto?» chiese dubbioso Gianni alla sorella.

«Credo di sì!» rispose Elena.

«Mamma, noi...» provò a chiarire Gianni.

«No! Non ci provare! Non voglio sentirlo di nuovo!» lo fermò la mamma.

«Era una di quelle domande retoriche mi sa!» sospirò Elena.

La mamma sembrò sconfortata.

«Vostra nonna inizierà a dire che non sono una buona madre. Che lei ha tirato su un bravo ragazzo come vostro padre, mentre io non so educare i miei figli! Vi rendete conto di quanto sia grave quello che avete fatto?»

«Non rispondere!» bisbigliò Elena al fratello.

«Eh? Vi rendete conto?» ripeté la mamma.

«Attento! È una trappola!» continuò la sorella sottovoce.

«Vedi?» rivolgendosi al marito. «Neanche rispondono!»

I gemelli si guardarono sconsolati: era difficile capire gli adulti.

«Allora, vi rendete conto della gravità di questa cosa?» intervenne il papà.

«Veramente no» replicò Gianni.

«Noi non abbiamo fatto niente!» aggiunse Elena.

«Infatti, non avete fatto niente! Nemmeno i compiti!» disse il papà. «La nota del maestro parla chiaro!»

«Ma li abbiamo fatti!» ribatté Gianni.

«Certo! È solo che, guarda caso, mentre andavate a scuola, siete stati aggrediti da un alieno e nella fuga avete perso gli zaini» disse in tono ironico il papà.

I gemellini annuirono con decisione.

«Per l'esattezza non abbiamo perso gli zaini» chiarì Elena.

«Visto che pesavano abbiamo deciso di abbandonarli» proseguì Gianni.

«Ci avrebbero rallentato nella fuga» concluse la sorella.

Il papà li guardò severo.

«Ragazzi,» intervenne dolcemente la mamma, «la vostra ostinazione peggiora la situazione.»

«Ma noi non abbiamo inventato niente!» rispose sconfortata Elena.

«Veramente un alieno ci ha assaliti! Vicino alla scuola» aggiunse il fratello.

«Bambini, le bugie non si dicono» li redarguì con fermezza la mamma.

«Non è una bugia!» risposero all'unisono.

«All'inizio, la bugia sembra una soluzione facile ma non è così. Mentire significa rimandare a dopo il problema.»

La mamma si chinò a guardarli dritto negli occhi. Non capiva perché le sue dolci creature insistessero tanto su quella storia.

«Starete in punizione per una settimana! Niente televisione e niente storie di fantascienza. Da adesso in poi niente più bugie! Sempre e solo la verità!»

Credi che sia facile dire sempre e solo la verità? Puoi provare se vuoi. Immagina di dover organizzare una festa a sorpresa al tuo o alla tua migliore amica. Certo puoi evitare di dirlo, ma se ti dovesse chiedere come mai parli di nascosto con gli altri o perché ultimamente sei diventato così misterioso... Se gli dici la verità rovinerai la sua festa, giusto?

Ebbene Gianni ed Elena stavano per scoprire proprio che dire sempre e solo la verità, non è poi così facile.

I gemelli erano in punizione: non avrebbero visto nessun film o letto nessun fumetto di fantascienza per almeno una settimana. In più la mamma si aspettava una confessione da un momento all'altro. Voleva sapere come erano andate veramente le cose.

Intanto, fratello e sorella, per combattere la noia e la tentazione di vedere o leggere una storia di fantascienza, decisero di giocare in giardino.

«La mamma non vuole crederci!» sospirò Elena mentre lanciava la palla verso il fratello.

«Nemmeno papà!» rispose Gianni, cercando di colpire la palla con decisione.

Il tiro risultò completamente sbilenco.

«Certo che sei proprio scarso con la palla!» gli fece Elena.

«Ehi!» rispose offeso Gianni.

«Ricordi? Dobbiamo dire la solo la verità da adesso in poi!» ribadì la sorella ridendo di gusto.

«Ah sì? Ti faccio vedere io!»

Gianni prese la palla e la posizionò a terra con decisione. Fece tre passi indietro per prendere una bella rincorsa.

Elena non si preoccupò di ripararsi. Sapeva con certezza che anche questa volta il fratello avrebbe fatto il solito tiro storto. Anzi, iniziò a guardarsi attorno cercando di indovinare cosa avrebbe colpito. C'erano i fiori sul davanzale. C'erano le lenzuola della mamma stese al sole. C'era il vicino, in piedi su una cassetta di plastica, che potava la siepe.

«Oh, no!» disse Elena. «Aspettaaaa!»

Gianni non la sentì e colpì la palla con determinazione e forza. Come previsto fece un tiro sgangherato e la palla colpì proprio la testa del vicino, che cadde oltre la siepe.

«Ahi!» urlò l'uomo.

Gianni ed Elena si guardarono preoccupati.

Il vicino sbucò oltre lo steccato. Con una mano teneva la palla e con l'altra si massaggiava la testa pelata.

«Chi è stato?»

«Ehm... ecco...» borbottò Gianni.

«Allora? Si può sapere chi è stato?» domandò severo il vicino.

«Dai! Devi confessarlo, ricordi? Solo la verità!» disse Elena.

«Ah! Allora sei stato tu, ragazzino!» disse il vicino indicando il bambino.

«Sì! È stato lui!» confermò Elena.

«Sì, sono stato io!» fece Gianni sorridente.

«E lo trovi divertente?» chiese severo il vicino.

«Be'... ecco... in effetti, sì» disse mettendosi la mano sulla bocca cercando di soffocare le risate sempre più forti.

«Guarda ragazzino che c'è poco da ridere! Mi hai colpito in testa!»

«Per fortuna!» disse Gianni.

«Per fortuna?»

Il vicino si arrabbiava sempre più.

«Sì, ecco... mamma dice sempre che lei ha la testa dura!»

«COSA?»

«Sì, dura come un ciocco di legno!» confermò Elena.

«Mi state prendendo in giro?» domandò arrabbiato l'uomo.

«No! No! Cioè ogni tanto lo facciamo ma adesso no!» precisò Gianni.

«Come ogni tanto?»

«Per esempio quando canta sotto la doccia! Si sente fino a casa nostra!» disse Elena.

«Sì, è molto divertente!» confermò il fratello. «Papà ha fatto pure una registrazione che ha fatto sentire ai suoi amici.»

Puoi immaginarti come la prese il vicino. Sbuffò come un toro infuriato e si precipitò in casa. Un secondo dopo in quella dei gemelli squillò il telefono: la furia del vicino fu tanta e per come gridava, non serviva il telefono per sentirlo parlare.

I gemelli si guardavano allarmati e ben presto le loro preoccupazioni trovarono conferma. Vennero convocati in camera per un nuovo richiamo ufficiale.

«Che cosa ho fatto per meritarmi tutto questo?» si domandò la mamma.

«Questa è una di quelle domande retoriche, vero?» chiese Gianni alla sorella.

«Credo di sì» rispose Elena.

«Ci avete fatto fare una pessima figura» disse il papà severo.

«Ma noi non abbiamo detto bugie» spiegò Gianni.

«Abbiamo detto solo la verità» confermò Elena.

«Sì, bambini ma non potete dire proprio tutto tutto» disse la mamma. «Ci sono cose che, anche se sono vere, possono offendere.»

«Prendete vostra zia per esempio, la sorella di mamma» intervenne il papà. «Non potete dirle che è una gran pettegola, anche se è vero! Si offenderebbe.»

La mamma guardò il papà con durezza e poi aggiunse con sarcasmo:

«Come vostra nonna, la mamma di papà! Se le dicessimo che è troppo appiccicosa o apprensiva, anche lei si offenderebbe.»

I gemelli guardarono perplessi i genitori. Non era ancora chiaro cosa avessero fatto di male. La mamma si chinò verso di loro e cercò di spiegare meglio:

«Insomma, le bugie non si dicono ma nemmeno certe verità, specialmente quelle che possono offendere.»

«Avete capito?» chiese il padre.

I gemelli annuirono con decisione. Erano veramente sicuri di aver capito bene questa volta. Dopotutto la sintesi dei fatti era semplice:

1. Non dire bugie!
2. Evitare quelle verità che possono offendere!

Anche questa volta le cose non erano così semplici come sembravano.

Mentre i gemelli erano in cucina a fare merenda, squillò il telefono. La madre era al lavandino a sciacquare i piatti.

«Elena, puoi vedere chi è, per favore? Ho le mani bagnate» chiese gentilmente la mamma.

«Pronto?» disse Elena alzando la cornetta.

«Ciao tesoro, sono la nonna» disse la voce dall'altra parte.

«Ciao nonna!»

La mamma iniziò a gesticolare, cercando di attirare l'attenzione della piccola.

«Cosa fai di bello, tesoro?» chiese la nonna.

«Stiamo facendo merenda, io e Gianni» rispose Elena con educazione.

«Bravi! C'è la mamma lì?» chiese la nonna.

La mamma faceva segno di no con il dito.

«La mamma?» domandò titubante Elena.

«Sì. La mamma è lì con te?» insisté la nonna.

La mamma continuava a fare con le mani il segno del "no".

«Ehm... nonna, posso chiederti una cosa?» chiese Elena curiosa. «Se la mamma è qui e non vuole parlarti, ti offendi?»

«COSA?» disse la nonna sorpresa.

«Dai qua!» disse la mamma mentre prendeva la cornetta dalle mani di Elena. Poi con imbarazzo iniziò a parlare al telefono con la suocera. «Pronto? Ma no... che dici? Non è che non volevo parlare con te... No... è che stavo lavando i piatti...»

«Ho sbagliato?» chiese Elena al fratello.

«Boh! Non ci sto capendo niente!» rispose Gianni alzando le spalle.

I gemelli furono convocati di nuovo nella loro cameretta e, ancora una volta, Gianni ed Elena non riuscivano proprio a capire dove avevano sbagliato.

«Dovete capire che a volte capita di dire qualche piccola bugia!» disse la mamma passeggiando nervosamente nella stanza. «Una mezza verità diciamo, magari per addolcire una verità un po' scomoda!»

I gemelli non sembravano molto convinti.

«Per esempio, a vostra zia dico sempre che ha una bella chiacchiera, per non dire che è pettegola!» intervenne il papà.

«Ma la smetti di fare sempre esempi su mia sorella?» incalzò la moglie arrabbiata.

«Tu li fai sempre su mia madre!» rispose il papà seccato.

«Questa volta non ho detto proprio niente su tua madre!»

«Basta già il fatto che non volevi parlarle a telefono!» disse severo il papà.

«E tu? Quando chiama mia madre scappi in bagno pur di non parlarle?» aggiunse la mamma.

«Che vuoi farci, evidentemente stimola!» rispose con sarcasmo il padre.

Driiin. Era il campanello di casa.

I genitori continuavano a battibeccare.

«Hanno suonato alla porta?» chiese Gianni alla sorella.

«Credo di sì!»

«La prossima volta che chiama tua madre rispondi tu, mentre io vado a fare altro!» disse la mamma con fermezza.

«Nessun problema!» rispose il papà.

Il campanello suonò di nuovo e questa volta il suono fu un pochino più lungo. La persona alla porta insisteva.

«Dici che dovremmo andare noi?» chiese Gianni alla sorella.

I gemelli guardarono i genitori che battibeccavano ancora.

«A te non dice di continuo che sei un padre sconsiderato e incosciente!» disse la mamma mentre si sentì per la terza volta il suono del campanello.

Questa volta il suono fu ancora più lungo.

«ARRIVIAMO!» urlarono insieme i genitori.

I gemelli fecero per alzarsi ma furono immediatamente bloccati.

«Fermi lì!» disse il papà severo e prima di uscire dalla stanza. «Con voi non abbiamo finito!»

«Siete ancora in punizione!» concluse la mamma prima di seguire il marito e uscire dalla stanza.

«Ma tu ci hai capito qualcosa su questa storia della verità?» domandò ancora una volta Gianni.

«Mica tanto!» fu la risposta di Elena.

Questa storia si concluse qualche secondo dopo, quando i genitori dei gemelli uscirono dalla camera per vedere chi fosse lo scocciatore alla porta.

Come avrai letto qualche riga sopra, il primo a uscire dalla camera fu proprio il padre che aprì il portone d'ingresso. La madre, che era proprio dietro di lui, vide il marito aprire la porta e rimanere imbambolato.

«Chi è?» chiese senza avere risposta. «Perché non rispondi?»

La mamma si affacciò alla porta. Anche lei rimase sbalordita.

Pochi istanti dopo arrivarono i due gemelli. Curiosi avevano assistito alla scena e si erano precipitati al portone.

Con grande sorpresa videro l'ospite misterioso. Non c'era alcun dubbio.

In piedi, davanti a casa loro, c'era un alieno.

Avete capito bene, un alieno! Aveva una testa enorme, due occhioni neri e le orecchie a punta. Indossava una tuta aderente nera con un vistoso mantello, anche questo nero.

I gemelli lo riconobbero, era quello che avevano incontrato quella mattina, prima di andare a scuola.

Potrei raccontarti che questo alieno prese la famiglia e la portò sul suo pianeta dove videro tecnologie fantascientifiche di ogni genere. Che poi furono, più o meno, i desideri di Gianni ed Elena. Ma questa storia è una storia vera, quindi ti dirò esattamente come andò a finire.

L'alieno si mise le mani in testa e si sfilò la grossa maschera.

«Scusate! Indosso questa maschera da questa mattina e mi ero dimenticato di averla ancora» disse ridendo un giovane ragazzo.

Alla porta nessuno rispose.

«Scommetto che voi siete Gianni ed Elena?»

I gemelli annuirono, mentre i genitori rimasero immobili a fissarlo.

«Questa mattina, mentre andavo alla fiera della fantascienza, ho incrociato i vostri figli che sono scappati via.» Poi si rivolse ai piccoli. «È stata la maschera a spaventarvi, vero?»

I gemelli annuirono ancora. I genitori rimasero immobili a fissarlo.

«Nella fuga, avete lasciato gli zaini. Per fortuna c'erano sopra le etichette con il vostro indirizzo.» Il ragazzo consegnò gli zaini ai bambini, mentre il padre e la madre lo guardavano senza proferire parola. «Scusate se ve li ho riportati solo ora, ma ero impegnato con la fiera. Per caso ho creato qualche problema ai ragazzi?»

I gemelli annuirono ancora una volta mentre i genitori erano sempre lì, immobili.

Il ragazzo si chinò verso i ragazzi. «Silenziosi i vostri genitori, non è che avete usato qualche raggio inibitore?»

I gemelli scossero la testa.

Il ragazzo li salutò e si allontanò, infilandosi di nuovo la maschera.

Mentre andava via incrociò il vicino di casa: aveva un grosso cerotto sulla testa pelata ed era ancora intento a potare la siepe, in piedi sulla cassetta di plastica. L'alieno lo salutò con il gesto del braccio. Per lo spavento, il vicino cadde ancora una volta oltre la siepe.

ZEROQUATTRO

DOVE LA PICCOLA FEDERICA DIMOSTRA LE SUE DOTI DI INVESTIGATRICE

Devo ammetterlo, ogni volta che succede qualcosa, mia moglie scopre sempre chi è stato. Starai pensando che in casa viviamo solo io e lei, quindi è facile indovinare: o è stata lei o sono stato io. Invece no, perché ci sono anche: Fiocco, un instancabile pastore maremmano; Stella, la dolce gattina e Red, il pesciolino rosso.

Una volta mi erano sparite le pantofole. Come saprai, ai cani piace giocare con le ciabatte. Così, convinto che fosse stato Fiocco, cercai più volte di persuaderlo a farmi capire dove le avesse nascoste.

Niente. Mi fissava perplesso, alzava le orecchie e spostava la testa di lato. Mia moglie, invece, guardò Fiocco un solo secondo e fu certa della sua innocenza.

«Non è stato lui!» concluse.

Andai dritto dritto al divano dove Stella faceva il solito pisolino pomeridiano.

«Dove sono le mie pantofole?» le chiesi deciso.

Stella non si mosse, anzi, rimase tutta attorcigliata nell'angoletto del divano.

Mai come allora ero intenzionato a non lasciar perdere.

«E no, pigrona!» dissi sedendomi vicino a lei. «Non crederai di cavartela così!»

La gatta alzò la testa e mi guardò triste perché doveva scomodarsi. Si stiracchiò con estrema calma, fece un grossissimo sbadiglio mostrando i denti bianchi e la lingua rosa, poi si sedette di fronte a me. Mi guardò con sufficienza, come a chiedermi cosa volessi.

«Non fare la furbetta, so che sei stata tu!»

«Non è stata lei.»

Dietro di me, con voce pacata e sicura, mia moglie diede nuovamente il verdetto.

Rimasi sconcertato.

Mi girai chiedendole come facesse a esserne sicura. In mano aveva le mie pantofole, completamente bagnate che sgocciolavano sul pavimento.

Con lo sguardo severo mi girai verso l'acquario. Red mi guardò timidamente, poi fece una spirale nell'acqua seguita da tante bollicine. Era il suo modo per farsi perdonare.

«Sei sempre il solito burlone!» gli dissi sorridendo.

La storia che sto per raccontarti narra di una bambina di sei anni, bravissima a scoprire le cose. Si chiamava Federica ed era un'investigatrice formidabile. Lo aveva dimostrato più volte, ma in questo caso individuare il colpevole pareva molto difficile. Era sera. Subito dopo cena la piccola di casa riunì in salotto tutti gli indiziati, come in una scena di un film giallo classico.

«Oggi, in questa casa, è successa una cosa molto grave» esordì Federica.

Scrutò gli indiziati uno a uno: il papà, la mamma, il fratello, la nonna e il piccolo Blacky, il cagnolino di casa. Anche lui era indiziato!

Come ho già detto, in famiglia Federica era famosa per aver risolto diversi casi. Diciamo misteriose scomparse. In particolare due episodi la promossero a investigatrice di casa.

Il primo accadde una domenica di primavera. La mamma "incoraggiò", anche se sarebbe meglio dire "obbligò" il marito a dedicarsi alla manutenzione del giardino: classico taglio del prato e potatura della siepe.

Di solito la domenica il papà di Federica aveva un altro passatempo: poltrire sul divano alternando pisolini alla visione della tivvù. La mamma decise che quella fosse la giornata ideale per sistemare il giardino. Il marito, per niente convinto e poco felice, andò in *garage* a prendere gli attrezzi, borbottando il suo rammarico lungo tutto il percorso.

Una volta dentro scoprì che gli attrezzi erano spariti. Inutile dire che tutti pensarono che fosse stato proprio lui a farli sparire. L'unica che lo disse ad alta voce fu la nonna.

«Sicuramente li hai nascosti tu» sentenziò.

«Certo che no!» rispose quasi offeso il papà.

«Be' mi sembra strano che proprio gli attrezzi da giardino siano spariti» aggiunse la moglie.

«Solo quelli!» precisò il fratello osservando bene.

Perfino Blacky abbaiò a confermare il dubbio.

«Vi dico che non sono stato io!» fece il padre.

«Infatti, non sei stato tu!»

Come avrai sicuramente immaginato, fu proprio Federica a parlare.

Infatti la piccola investigatrice, con un veloce guardarsi attorno, non ci mise molto a capire cosa fosse successo.

Innanzitutto fece notare ai presenti che il genitore non avrebbe avuto il tempo per nascondere tutto, compresa la falciatrice. A rafforzare la sua tesi, indicò la cassetta di plastica, posta a terra vicino al ripiano degli attrezzi. Questo voleva dire che chi l'aveva usata per prendere le grosse cesoie in alto, non sapeva che la scaletta era stata sistemata all'angolo in fondo, un po' nascosta. Il papà lo sapeva eccome, lui stesso l'aveva messa lì. Infine, con molta probabilità, visto che se ne erano accorti solo ora, gli attrezzi dovevano essere stati presi il giorno prima, quando tutta la famiglia era andata al centro commerciale. Inoltre, non essendoci segni di scasso, chi aveva preso gli attrezzi non poteva essere un estraneo.

«Chi ha una copia del telecomando del *garage* e ha anche il giardino, ma non compra mai gli attrezzi e quindi li prende sempre qui da noi?» chiese la piccola investigatrice ai presenti.

«Lo zio Gaetano!» risposero tutti insieme.

Il secondo episodio accadde in autunno.

Era un mercoledì pomeriggio. La mamma aveva preparato un bel polpettone per la cena e lo lasciò in caldo nel forno. Franco, il figlio più grande, andava pazzo per il polpettone. Preparò anche un bel contorno di piselli, carote e patate, che invece piaceva tanto a Federica.

«Federica, mi aiuti ad apparecchiare?» domandò la mamma mentre appoggiava i piatti e le posate sulla tavola.

Federica, che era molto educata e aiutava sempre la mamma, iniziò a sistemare la tavola.

«Ma papà dov'è?» chiese Franco.

«Che fine ha fatto? Doveva essere a casa già da un pezzo» rifletté ad alta voce la mamma.

«Ma è rientrato da lavoro?» domandò la nonna seduta in poltrona, intenta a leggere un libro.

Blacky abbaiò secco. Era il suo modo per affermare il concetto.

«La macchina nel vialetto non c'è» disse il fratello affacciandosi alla finestra.

«Ogni volta che c'è un bel film in televisione, lui ci fa tardare sempre» fece la mamma mentre andava in cucina.

Una volta dentro, i pensieri della mamma divennero altri: era sparito il polpettone!

«Come sparito?» chiese Franco rammaricato.

«Per caso sei stato tu?» chiese la nonna a Blacky che sedeva ai suoi piedi.

Il cane abbaiò per negare.

«Mmm... no! Non è stato lui!»

Sai già chi ha detto queste parole, vero?

Esatto, proprio lei. La piccola investigatrice stava già risolvendo il mistero.

«E non è l'unica cosa sparita» affermò Federica raccogliendo un pisello a terra. «Credo che sia svanito anche il contorno.»

La mamma controllò ed era proprio così: il grande piatto di piselli, carote e patate era scomparso.

«È stato papà!» disse con fermezza Federica.

«Impossibile!» rispose con decisione la mamma. «Lo ammetto, vostro padre ha un grosso appetito, ma mangiarsi tutta la cena è troppo anche per lui!»

Federica osservò l'ambiente circostante con attenzione. Era sicura che fosse stato il padre ma doveva capire come avesse fatto. Poi vide gli indizi, uno dopo l'altro e capì.

«Ha avuto dei complici!» disse.

«Complici?» chiese disorientato il fratello.

Federica fece notare ai presenti la valigetta del padre in salotto: quindi era rientrato dal lavoro. Poi indicò delle macchie per terra, vicino al lavandino: qualcuno aveva lavato dei piatti e di sicuro non era stato il papà. Lui non lo faceva volentieri e quando lo faceva, gli schizzi d'acqua arrivavano dappertutto.

«Mamma, puoi guardare nello scolapiatti?» chiese gentilmente la piccola.

Una volta aperto, la mamma trovò il vassoio del polpettone e il piatto del contorno. Puliti.

Tutti rimasero senza parole.

Allora Federica iniziò a spiegare come erano andate le cose:

«Papà è tornato dal lavoro in compagnia di quelli che sarebbero diventati i suoi complici. Lui ha sempre fame e sicuramente cercava qualcosa da sgranocchiare. Ha trovato il polpettone e il contorno. Molto probabilmente hanno pensato di assaggiarne solo un pezzetto, ma tra una chiacchiera e l'altra, lo hanno mangiato tutto. Insieme al contorno.»

«E adesso dove sono?» chiese la nonna.

«A riparare il danno» disse Federica.

In quell'istante, il padre e i colleghi di lavoro entrarono in casa con delle buste in mano.

La mamma li guardò severa con le braccia incrociate. Una volta dentro sventolarono le buste.

«Stasera *hamburger* e patatine per tutti!» dissero all'unisono.

Blacky abbaiò. Significava: "Evviva!".

Da come hai capito Federica era davvero una brava investigatrice. Nulla le sfuggiva. Questa volta però il "caso" sembrava veramente difficile da risolvere.

Ritorniamo alla situazione iniziale: Federica aveva radunato tutta la famiglia in salotto e stava cercando di scoprire chi fosse il colpevole. Cosa era accaduto?

«Anche se per ora non mi è ancora tutto chiaro, scoprirò cosa è successo oggi in cucina» disse determinata la piccola investigatrice, passeggiando al centro del salotto.

«Federica, adesso stai esagerando» disse l'indiziato numero uno: il papà.

Motivazione personale dell'indiziato numero uno: era solito mangiare a tutte le ore. Anche dopo un bel pasto, tipo quelli abbondanti della domenica o quelli dei matrimoni lunghi una giornata intera, per lui c'era sempre uno spazietto per l'ultimo boccone.

«Hai qualcosa da confessare, paparino sempre affamato?» sollecitò la piccola investigatrice guardandolo direttamente negli occhi.

«Eh? Chi, io? No, ecco... assolutamente no» rispose titubante.

«Sicuro papà?» disse Federica con insistenza, avendo notato incertezza nella voce.

«Sei stato tu?» intervenne la mamma.

«Ma no!» si difese il papà.

«Sicuro sicuro?» chiese la mamma.

«Assolutamente sì!» ribadì con fermezza il padre. «Per caso stai cercando di addossare la colpa a me perché vuoi nascondere qualcosa che invece hai fatto tu?» aggiunse.

Federica scrutò per bene l'indiziato numero due: la mamma.

Motivazione personale dell'indiziato numero due: la mamma stava seguendo una dieta abbastanza rigida, il che portava a grosse rinunce, in particolare alla privazione dei tanto amati dolcetti.

«Tesoro, non ascoltarlo!» disse la mamma a Federica.

«Se il colpevole è uno di voi, io lo scoprirò!» rispose con fermezza la piccola.

«Il colpevole? Ma non credi di esagerare adesso?» intervenne il fratello.

Federica si avvicinò e lo guardò dritto negli occhi.

«Nessuna esagerazione. Avete fatto una cosa grave e io scoprirò chi di voi è stato» fece sicura all'indiziato numero tre: il fratello.

Motivazione personale dell'indiziato numero

tre: il fratello era il burlone della casa. Si divertiva a fare scherzi a tutti, in particolare alla sorella.

«Questa volta, io non ho fatto assolutamente niente!» disse sicuro di sé il fratellone.

«Lo vedremo!» rispose con tono di sfida Federica.

Franco deglutì nervosamente.

«Federica, sei sicura di non esserti sbagliata?» intervenne la nonna. «Magari credevi che ne fosse rimasta una e invece...»

«Sono sicurissima» ribadì la piccola investigatrice all'unica persona non indiziata.

La nonna era sempre dolce con lei. La aiutava con i compiti e la sera, invece delle solite favole, le raccontava delle bellissime storie a base di indagini e misteri da risolvere. A volte perfino inventate di sana pianta.

«Magari ha ragione la nonna! Magari ti stai sbagliando!» intervenne il padre.

«Mi sono sbagliata quando sono spariti gli attrezzi dal *garage* o quando è sparito il polpettone?» disse con fermezza la piccola investigatrice.

«Aspetta!» intervenne il fratello maggiore. «Forse anche questa volta c'entra zio Gaetano?»

«No, no» rispose determinata la piccola investigatrice. «Lo zio non è venuto a casa e il fatto è successo sicuramente oggi.»

«Bene, mi sembra tutto interessante» commentò la nonna.

Blacky abbaiò a conferma.

«Scoprirò cosa è successo oggi in quella cucina!» disse determinata Federica.

«Ma non mi sembra il caso di... di... esagerare. Non è una cosa così grave! Possiamo risolverla in un altro modo» intervenne nervoso il papà.

«Perché sei così agitato?» chiese la mamma.

«Io agitato? No, no...»

«Sei tu quello che mangia sempre!» lo provocò la moglie.

«E tu sei quella che sta seguendo una dieta molto rigida!» la punzecchiò il marito. «Magari...»

«Tesoro, non credergli!» disse la mamma a Federica. Poi rivolgendosi di nuovo al marito: «Se fossi stata io lo direi tranquillamente, senza vergogna».

«E quella cos'è?» disse Federica, indicando una piccola macchia sul vestito.

La mamma trasalì un attimo e cercò di pulirla con il fazzoletto.

«Non è niente. Non è niente.»

«Ah ah!» rispose il papà con gioia. «Su, fammi vedere cos'è?»

«Smettila! Ti ho detto che non è niente.»

«Fammi vedere?»

«Non serve» disse seria Federica. «È marmellata di amarena.»

Fu così che Federica provò a ipotizzare cosa fosse accaduto in cucina:

«Papà, come al solito, cercava qualcosa da

mangiare nel frigo, nonostante avessimo finito di pranzare da meno di dieci minuti. Poi sei entrata tu, mamma. A questo punto hai approfittato della distrazione di papà e, cercando di non farti scoprire, hai aperto l'anta dei dolci, quella in alto e hai preso...»

Come adoro la *suspense*... Tutta questa trepidazione nell'attesa di scoprire chi fosse stato. Possibile che si tratti della mamma? Ma a fare cosa?

«Va bene! Va bene! Ho mangiato un pezzo di crostata» confessò la donna.

«Ah ah!» esclamò di nuovo il papà. «Quindi mangi di nascosto?»

«NO! E poi era solo un pezzettino!» rispose offesa la mamma. «Però non c'entro niente con la sparizione del...»

«E chi può dirlo?» chiese ironico il padre!

«Posso provarci io» disse Federica seria.

Blacky abbaiò per incoraggiarla.

«Quindi il fattaccio è successo dopo» continuò l'investigatrice. «Se non sbaglio, in cucina, subito dopo, sei entrato TU!» concluse indicando il fratello.

«Ehm? Cosa? Io... non ricordo...» balbettò Franco.

«Ti rinfresco la memoria» rispose prontamente la sorellina. «Una volta uscita la mamma, sei entrato tu e ti sei diretto verso il cassetto delle posate. Papà cercava ancora qualcosa da mangiare e anche tu hai approfittato della sua distrazione. Hai pensato bene di fare uno dei tuoi soliti scherzetti, così hai aperto l'anta dei dolci e hai preso l'ultima...»

«Non sono stato io!» la interruppe Franco.

Il ragazzo era molto preoccupato. I genitori lo avrebbero messo in punizione se avessero creduto alla sorella.

«E poi, cara sorellina, non puoi dirlo perché non hai le prove» affermò spavaldo.

«Invece sì.»

Federica andò verso il tavolo della sala e vi prese una cosa appoggiata.

«Questo pomeriggio stavi lavorando a un progetto di scienze e sei andato in cucina perché avevi bisogno di QUESTE!» disse mostrando delle forbici. «Indovina dove le ho trovate? Nella credenza dei dolci.»

Credi che sia stato proprio Franco e che meriti una bella punizione? Dopotutto sembra che Federica l'abbia presa proprio seriamente questa sparizione. Hai capito cosa era sparito?

«Franco! Ma sei stato tu?» chiese dispiaciuta la mamma.

«No, non sono stato io.» Poi si rivolse alla sorella: «In realtà volevo farti uno scherzo, ma quando stavo per prenderla, la porta si è aperta e... pensando che fossi tu sono scappato via».

Federica rifletteva mentre iniziò a girare su se stessa. «Io non sono entrata in cucina e se Franco non ha visto chi era, allora c'è solo una spiegazione... il colpevole sei tu!» e indicò il piccolo cane seduto ai piedi della nonna.

Blacky abbaiò per negare.

«Uffa, non può essere stato lui! La credenza è in alto» disse delusa la bimba. «Quindi si torna al primo indiziato, ovvero tu caro paparino.»

«Eh no! Tu mi accusi per esclusione!» fece il padre, ma Federica insistette.

«Credo che le cose siano andate così: Franco è salito sulla sedia per arrivare all'anta dei dolci. A quel punto è entrato Blacky che ha aperto la porta e si è messo sotto il tavolo, come fa sempre quando cerca un po' di fresco. Franco, pensando che fossi io, è fuggito via, lasciando l'anta aperta. È stato allora che l'hai vista e non hai resistito alla tentazione. Hai messo la sedia a posto e hai afferrato l'ultima...»

«Sei stato tu?» chiese delusa la mamma.

«Ti ho detto di no!» rispose nervoso il marito.

«Allora perché sei così agitato? Cosa hai combinato questa volta?» domandò la moglie.

Il ragionamento di Federica filava tutto alla perfezione e devo dire che il genitore era visibilmente preoccupato dall'indagine. Aveva sicuro qualcosa da nascondere, ma cosa? L'aveva presa lui? Ma soprattutto: cosa aveva preso esattamente?

«Aspetta» disse Federica riflettendo sull'ultima frase. «Qualcosa non quadra.»

Tutti la guardarono incuriositi.

«Allora, è stato lui o no?» domandò il fratello.

«Certo che no» disse il papà. «È stato divertente, ma ora si è fatto tardi e dobbiamo andare a dormire tutti. Domani è giorno di lavoro e voi ragazzi dovete andare a scuola...»

«Cos'è tutta questa fretta?» chiese la mamma. «Federica, vai avanti.»

«La sedia è stata rimessa a posto. Se fosse stato papà, l'avrebbe spostata giusto un po' di lato» suppose Federica.

«Questo è vero» confermò la mamma.

«Ma certo, il cucchiaino nel lavandino!» disse Federica. «Come ho fatto a dimenticarlo?»

«Oh, no!» fece sconsolato il padre.

«Allora sei stato tu!» affermò la moglie.

«No, mamma. Non è stato lui» chiarì la ragazzina. «Dopo che Franco è scappato via, papà l'anta non l'ha vista proprio. Ha guardato nel frigorifero e lì ha trovato il tuo gelato.»

«Hai mangiato il mio gelato? L'unico dolce che posso mangiare!» disse sconcertata la madre.

«Quello più la crostata, a quanto pare!» la punzecchiò il marito.

«Un pezzettino!» ribadì con determinazione la donna. «Una volta sola.»

«Quindi chi è stato?» chiese impaziente Franco.

Federica si avvicinò alla nonna.

«Nonna, posso riavere la mia merendina al cioccolato?» chiese dolcemente.

«Come mi sono divertita!» disse l'anziana mentre sfilava la merendina ben nascosta dietro un cuscino. «Sai com'è, questa sera non c'era niente di interessante in televisione.»

La nonna consegnò la tanto desiderata merendina alla giovane investigatrice, le diede la buonanotte e un bacio sulla fronte. Poi uscì dal salotto per andare in camera.

«Visto che non sono stato io?» disse il papà alla mamma. «Non lo avrei mai fatto!»

«Però hai mangiato il mio gelato. Era poco e lo avrai finito tutto» rispose sconcertata la moglie.

«Ma no, un po' è rimasto.»

«Voglio proprio vedere!» disse la mamma uscendo dal salotto seguita dal marito.

«A proposito, dove hai messo quel salamino piccante? Quello che ha portato Gaetano: mi farei giusto uno spuntino!»

Anche Franco seguì i genitori, lasciando la piccola investigatrice nel salotto con Blacky che abbaiò per avere un pezzetto di merendina.

«Eh, no!» disse Federica. «Questa me la sono meritata tutta!»

ZEROCINQUE

DOVE MARIA E TANIA SCOPRONO CHE ANCHE LE AMICHE DEL CUORE HANNO DEI SEGRETI!

C'è stata una volta in cui io e il mio migliore amico abbiamo litigato sul serio. Non si è trattato di un litigio stupido come quelli che accadono quando la mia squadra del cuore perde contro la sua o viceversa. Questi non sono dei veri e propri litigi, anche perché noi non esageriamo mai. In realtà, dopo un po' di prese in giro, finisce tutto. Accettiamo che una volta tocca a me, un'altra a lui.

Quella volta, invece, non ci siamo parlati per diversi giorni. Se non ricordo male, furono almeno cinque: tutto per una ragazza...

Eh sì. È successo perché sia io che lui eravamo interessati a lei. Era una nuova. Ricordo ancora la prima volta che si presentò a scuola.

Io e il mio amico eravamo all'ingresso e discutevamo della partita della sera prima (in realtà non aveva giocato la mia squadra, ma la sua e lo prendevo in giro perché aveva perso). Lui si difendeva dalle mie battute, quando all'improvviso tacque. Dopo un poco capii che guardava una ragazza molto carina che si stava avvicinando a noi.

«Ciao ragazzi, sapete indicarmi la segreteria didattica?» fece lei con voce da fata.

Nessuno di noi rispose. Restammo a guardarla e basta.

«Ok! Grazie lo stesso» rispose salutando perplessa mentre entrava nell'edificio scolastico.

«All'ingresso, appena entri, sulla sinistra» disse in ritardo il mio amico.

«Bravo! Secondo me non ti ha sentito.»

«Hai visto quanto era bella?»

Non potevo che confermare. In effetti era molto carina: capelli biondi e lunghi, occhi celesti e bellissime orecchie a punta.

Da quel momento ci furono tante occasioni per metterci in mostra. La maggior parte delle volte però finiva con brutte figure.

La volta che litigammo fu durante il compito in classe di magia e incantesimi. Io avevo studiato molto, visto che era la mia materia preferita. Il mio amico dimostrava spesso difficoltà a capire, ma cercai di aiutarlo, cosa che feci nei giorni precedenti il compito. Infatti la prova andò benissimo a entrambi e anche la ragazza prese un bel voto. Mentre stavo per fargli i complimenti per come era andata, li vidi insieme.

«Sei stato bravo con il compito!» esordì lei.

«Eh sì! Tutto merito del mio impegno!» rispose il mio amico.

Oggi non ci trovo niente di strano a quella risposta. In fondo era la verità, anche perché si era applicato tantissimo. Allora ero più ragazzo e il fatto che non avesse accennato all'aiuto datogli, mi fece arrabbiare molto.

«Senza di me avresti preso il solito brutto voto!» gli risposi piccato.

La frase mi uscì di bocca senza riflettere e me ne pentii subito. Per questa sciocchezza litigammo di brutto. La verità è che volevo fare bella figura con la ragazza. Alla fine misi in imbarazzo il mio miglior amico e rimanemmo cinque giorni senza parlare, studiare e soprattutto giocare assieme. La cosa andava sistemata.

Presi l'iniziativa e andai a casa sua. Gli chiesi scusa. Facemmo subito pace. Mi disse che voleva subito confessarle che ero stato io ad aiutarlo. Se avessi aspettato un secondo in più le cose sarebbero andate diversamente.

Tutto sommato sono felice che sia successo perché quel giorno, oltre ad aver rafforzato la nostra amicizia, ebbi occasione di conoscere la sua bellissima cugina. Oggi è mia moglie e lui è rimasto il mio miglior amico.

A questo punto vi chiederete cosa fu della ragazza nuova. Nulla. L'anno seguente cambiò scuola e di lei perdemmo le tracce.

La prossima storia è dedicata all'amicizia tra Maria e Tania, due ragazze di quindici anni che si conoscevano da pochissimo tempo ma, come dicevano ogni volta, sembrava si conoscessero da sempre: nonostante vivessero nello stesso quartiere, si conobbero solo alle superiori.

Tania si fece notare fin dal primo giorno di lezione, quando inciampò davanti all'ingresso e fece ridere tutti.

Ad avvicinarsi e a rimproverare i presenti fu solo Maria.

«Ti sei fatta male?» chiese aiutando Tania a rialzarsi.

«Boh!» esordì la ragazza.

«Come "BOH"? Non sai se ti sei fatta male?» chiese sorpresa Maria.

«Ah no, scusa... ogni tanto rispondo così, senza motivo.»

«Certo che è una risposta un po' buffa» disse Maria ridendo.

«Eh, sì. Lo so» fece Tania alzandosi. «Ahia, il ginocchio!»

«Te lo sei sbucciato!» fece Maria indicando i *jeans* strappati.

«Accidenti, questi pantaloni erano nuovi. Mia madre si arrabbierà tantissimo!»

«Vieni, aggrappati a me, ti aiuto ad arrivare

in bagno» disse l'altra studentessa offrendole la spalla. «Bisogna lavare la ferita.»

«Grazie» rispose Tania sostenendosi alla nuova amica.

Questo fu il loro incontro. Da allora le due ragazze furono insieme praticamente in tutto: scuola, studio, sport e libera uscita. Divennero inseparabili.

Grazie a questa amicizia, anche i loro genitori si conobbero condividendo la passione per il calcio. Per fortuna tifavano la stessa squadra.

L'amicizia tra le due ragazze si basava sulla fiducia reciproca. Entrambe erano sempre pronte ad aiutarsi, come quella volta che Tania rimase attaccata con i capelli alla rete del campo di pallavolo. Per lei fu un momento tragico.

L'allenatore scelse la soluzione più semplice e decise di tagliarglieli. Tania adorava i suoi capelli lunghi. Come fossero rimasti attorcigliati non si capì, fatto sta che la ragazza nel fare muro inciampò (sì, le capitava spesso) e finì con la testa nelle maglie della rete.

Tania portava i capelli raccolti, a cipolla, ma a causa del colpo si allargarono e si sparsero nel pezzetto di rete. Sembrava di vedere una gigantesca ragnatela! Come ti dicevo, l'allenatore voleva tagliarli e riprendere subito l'allenamento. Aveva già un paio di forbici in mano.

Tania si rattristì tantissimo, aveva gli occhi lucidi e Maria cercava in tutti i modi di liberarla.

«Che peccato!» disse Maria facendo l'occhiolino all'amica. «Proprio ora che dovevi fare quel concorso di bellezza! Tua madre ci teneva tanto!»

L'allenatore si bloccò all'istante.

Tutti sapevano come la mamma di Tania fosse risoluta. Infatti, la settimana prima, in una partita amichevole, una ragazza della squadra avversaria fece una schiacciata e colpì Tania in pieno viso. Involontariamente, tengo a precisarlo. La ragazza alzò la mano in segno di scusa e Tania le sorrise con il naso tutto rosso.

All'improvviso, un ragazzo sugli spalti le urlò:

«Imbranata! Vai a stirare che è meglio!»

Fu allora che accadde l'irreparabile: la mamma scese dagli spalti, attraversò il campo, si diresse dall'altra parte della tifoseria, prese il ragazzone per un orecchio, lo portò a bordo campo e lo obbligò a chiedere scusa a tutte le ragazze in campo, squadra avversaria compresa.

«La tua battuta non fa ridere!» gli disse senza battere ciglio.

Tutti, sugli spalti, si alzarono e applaudirono. Al ragazzo non rimase che fuggire via terrorizzato.

«Che peccato, rovinare tanti anni di sacrifici!» disse Maria.

L'allenatore indugiò. Non era più così convinto di voler tagliare i capelli della piccola atleta.

«Se mi lasciasse fare, potrei provare a liberarla io!» continuò Maria. «Ma solo se lo vuole lei. Lo faccio per il bene di Tania e dei suoi capelli.»

«Fai pure. Prenditi il tempo necessario» rispose l'allenatore. Poi rivolgendosi alle altre ragazze: «Voi potete andare, per oggi abbiamo finito».

Maria iniziò a sciogliere i capelli di Tania con calma e pazienza.

«Grazie» le sussurrò l'amica. «Ma come ti è venuta in mente l'idea di un concorso?»

«Secondo me dovresti farlo veramente. Sei molto bella e i tuoi capelli sono stupendi.»

«Ma non è vero!» disse imbarazzata Tania.

«Se solo avessi più fiducia in te stessa!» puntualizzò Maria senza smettere di sciogliere i capelli. «Però la goffaggine è anche una tua qualità. Lo sai vero?»

«Boh!» rispose Tania bloccata nella rete.

Le ragazze risero di gusto.

Dopo mezz'ora, i capelli erano sciolti. L'allenatore sonnecchiava sulla panchina poco lontano.

«Mister noi abbiamo fatto, andiamo a casa» urlò Maria.

La sua voce riecheggiò nella palestra.

«Ah! Certo, certo!» fece l'allenatore alzandosi di scatto. «Tutto ok, ragazze?»

«Sì, i capelli sono salvi!» rispose Maria andando verso l'uscita con Tania.

«Bene!» disse l'uomo rasserenato.

«Ah, Mister! Potrebbe giustificarci con i nostri genitori? Stasera abbiamo fatto più tardi del solito.»

«Certo, certo» confermò l'allenatore.

Da quanto accaduto si evince che tra le due c'era un'amicizia davvero speciale.

Tutto andò per il meglio fino a quando arrivò il giorno del temporale. Tania era a casa dell'amica per fare i compiti. Erano in salotto, sedute sul divano. Sopra il tavolinetto erano sparsi libri, dizionari e i loro computer portatili. Ma come succedeva spesso, le ragazze si distraevano.

«Ma è fantastico!» disse ridendo Tania.

Maria mostrò a Tania un video sul suo computer.

«Me l'ha mandato Gianluigi. L'ha trovato su un sito, dove i ragazzi postano i propri video» rispose Maria ridendo.

«Be' dai, torniamo ai compiti» le fece Tania facendosi seria tutto d'un tratto.

«Ok» acconsentì Maria insospettita.

«Alla quinta domanda di geografia cosa hai messo?» tagliò corto la prima.

«Qual era?» domandò l'altra cercando sul quadernone.

«Il monte più alto della Spagna.»

«Aspetta che guardo... Il Teide!» affermò sicura Maria.

«Mah? Su Wikipedia è scritto che è alle Canarie ed è un vulcano» rispose Tania.

«Perché, i vulcani non sono montagne?» chiese Maria dubbiosa.

Tania fece una faccia buffa e poi esternò il suo solito «BOH».

Ormai quella risposta di Tania era diventata una costante e le ragazze ci ridevano ogni volta.

«Vabbè, metto anch'io Teide!» disse Tania.

In quel momento preciso, un lampo illuminò la stanza. Tania rimase pietrificata. Maria, entusiasta del fenomeno, si precipitò alla finestra.

«Uao! Forse sta per arrivare un temporale.»

Il rimbombo del tuono echeggiò nel salotto e a Tania scappò un gridolino di paura.

«Ehi, che succede?» chiese Maria all'amica terrorizzata. «Non mi dire che hai paura dei tuoni.»

Tania abbassò la testa imbarazzata e borbottò qualcosa di incomprensibile. Un altro lampo illuminò la stanza e la ragazza si guardò attorno terrorizzata.

«Uno! Due! Tre!» iniziò a contare Maria finché il tuono non echeggiò di nuovo nel salotto. «Tre diviso tre… un chilometro da qui.»

«Cosa?» chiese Tania all'amica che appariva tranquillissima.

«Me lo ha insegnato il mio papà» rispose l'amica. «È facile! Prima bisogna contare i secondi che passano tra il lampo e il tuono. Poi divederlo per tre e si ha la distanza tra noi e i fulmini. Be', più o meno…»

Un altro bagliore illuminò la stanza.

Tania si irrigidì.

Maria le prese delicatamente la mano.

«Dai conta con me!» disse dolcemente l'amica.

Le ragazze contarono insieme sei secondi.

«Sei diviso tre?» chiese Maria.

«Due!» fu la timida risposta.

«Vedi? Si sta allontanando» spiegò contenta Maria. «Ci conosciamo da un po' e ancora scopro cose nuove su di te.»

«Penserai che sono una stupida.»

«Ma figurati!» rispose sorridente l'amica. «Io ho una paura più imbarazzante della tua!»

Tania la guardò interrogativa. Cosa poteva spaventare l'amica sempre così determinata?

«Io ho paura delle farfalle!» le confessò.

«Che cosa?» gridò Tania. «Ma come si fa ad aver paura delle farfalle? Te lo stai inventando?»

«No! No!» garantì Maria. «Giuro! Le farfalle mi fanno... mi fanno... BOH!»

Maria alzò le spalle senza trovare una spiegazione.

Le ragazze risero di gusto e iniziarono a confessarsi cose che non conoscevano l'una dell'altra. In particolare Tania confidò di dormire ancora con un coniglietto di *peluche* e Maria di aver finto di non avere la voce, qualche settimana prima, per sfuggire all'interrogazione di geografia.

«L'avevo sospettato, lo sai?» disse Tania.

«Ma solo un pochino, in realtà avevo davvero mal di gola» si giustificò Maria. «Che bello però!»

«Cosa?» chiese Tania.

«Che tra di noi abbiamo ancora tante cose da scoprire e che questi piccoli segreti non sono cattivi» disse contenta Maria.

Tania era imbarazzata. Si guardò nervosamente intorno e balbettò qualcosa.

«Che c'è? Ho detto qualcosa che non va?» chiese l'amica timidamente.

«Ecco. In realtà c'è una cosa che devo confessarti» disse Tania. «Una cosa che volevo fare già da un po', ma poi non ho mai trovato il coraggio.»

Maria la guardò pensosa. L'amica era veramente imbarazzata e, qualunque cosa volesse confessarle, si capiva che era pentita.

«Ti ricordi che al tuo compleanno mi hai chiesto di invitare quel ragazzo della terza?» fece Tania.

«Ma chi, Gianluigi?»

«Sì! Ecco... io... io...» balbettò Tania.

«Non me lo dire, non l'hai invitato più?» chiese sorpresa Maria. «Ecco perché non è venuto.»

«Perdonami! Perdonami! Perdonami!» supplicò Tania. «Ero gelosa ma me ne sono pentita subito.»

«Dai, non preoccuparti» la rassicurò Maria.

«Volevo proprio dirtelo: sono stata una stupida» disse Tania rammaricata.

«Ehi! Ti sto dicendo di non preoccuparti» la tranquillizzò Maria. «Anzi, voglio confessarti una cosa anch'io!»

Tania fu sorpresa da quella dichiarazione: anche la sua amica le aveva nascosto qualcosa? Da come l'aveva detto sembrava una cosa seria.

Maria stava per parlare quando in quel momento i loro genitori entrarono in salotto.

«Ciao, tesoro. Sei pronta?» chiese Luca, il papà di Tania.

«Non abbiamo ancora finito. Non puoi aspettare due minuti?» implorò Tania.

«Mi spiace tesoro ma dobbiamo andare» disse Luca. «Dai, su! Metti tutto nello zaino.»

Tania cercò di rallentare il più possibile le manovre di sistemazione. Anche Maria metteva a posto i suoi libri.

«Cosa stavi per dirmi?» chiese sottovoce Tania all'amica.

«Dai, su. Dobbiamo scappare!» intervenne di nuovo il padre di Tania. «Siete state insieme tutto il giorno e domani vi vedete a scuola.»

Tania fu praticamente obbligata a uscire di casa senza sapere cosa stesse per confessarle l'amica.

Presa da quell'unico pensiero, Tania si rigirò nel letto tutta la notte: cosa doveva confessarle la migliore amica? Tania ipotizzò infinite versioni e la fantasia la portò perfino a immaginare l'amica che le diceva: «Sono una aliena e vengo da un altro pianeta». Di sicuro la zia Elena avrebbe apprezzato questa storia, ma Tania no.

Il mattino seguente obbligò il padre a portarla a scuola prestissimo così, come sarebbe arrivata l'amica, avrebbe soddisfatto la sua curiosità.

Purtroppo l'attesa fu più lunga del previsto. Maria arrivò proprio mentre suonava la campanella di inizio lezione.

«Buongiorno» esordì Maria con un po' di fiatone.

«Proprio questa mattina dovevi fare tardi?» domandò Tania senza rispondere al saluto. «Vuoi dirmi quella cosa?»

«Ma siamo in ritardo!» rispose Maria. «Comunque non è niente di che.»

«Dimmelo lo stesso, ti prego!» implorò Tania.

«E va bene. Allora...» iniziò Maria.

«Ragazze! State ancora qua? In classe, forza» intimò Lino il bidello. Tania cercò di convincerlo a lasciarle parlare. Le sarebbero bastate pochissimi secondi ma l'uomo non fu clemente e le spedì in classe.

Non fu un problema, Tania sapeva che in aula avrebbe avuto l'occasione per chiederglielo di nuovo, dopotutto lei e Maria erano vicine di banco. Purtroppo non fu così.

Quel giorno a scuola tutto andò per il verso

opposto. Nelle prime due ore, la professoressa di Storia portò gli studenti in biblioteca a vedere un documentario. Tania provò più volte a parlare con Maria ma, ai primi bisbigli, la professoressa le separò.

Seguì la lezione di educazione fisica: fu organizzata una partitella amichevole di pallavolo. Essendo loro le più brave della classe, la professoressa le mise in due squadre separate, così da bilanciarle.

Poi ci fu la lezione di geografia e Maria venne interrogata, per cui passò tutto il tempo alla lavagna. Prese pure un ottimo voto ma Tania non se ne rese conto: pensava ancora a quella cosa...

Così la speranza era riposta nelle ultime ore con matematica. Sarebbe potuta andare in bagno insieme all'amica e avere non solo il tempo ma anche la giusta intimità.

La professoressa annunciò un compito in classe a sorpresa. Tania era sconfortata perché questo voleva dire che in bagno si poteva andare solo una alla volta, che tutti sarebbero stati separati e messi a distanza. Il colmo della sfortuna: Maria capitò in prima fila e lei nell'ultima.

Tania non riusciva a concentrarsi e provò il tutto per tutto. Scrisse su un bigliettino di carta:

Se non me lo confessi, impazzisco!
Ti prego! Ti prego! Ti prego!

Arrotolò il pezzetto di carta e, attenta a non farsi beccare, lo lanciò all'amica. Peccato che il tiro fu pessimo e invece di andare sul banco di Maria, cadde su quello di Oreste.

Tania non si diede per vinta e prese un altro pezzettino di carta su cui scrisse:

Allora, ti decidi a dirmelo?
Ti prego!

Questa volta si concentrò, fece un bel respiro e lanciò. La pallina di carta colpì lo schienale della sedia di Maria, rimbalzo sulla spalla e finì – anche questa volta – sul banco di Oreste.

Tania chinò afflitta la testa. Era rassegnata. Non le rimaneva che attendere la fine delle lezioni. All'improvviso cadde sul suo banco un bigliettino arrotolato.

Tutta felice lo aprì e lesse:

Ok, se proprio insisti così tanto te lo confesso.
MI PIACI TANTO!
Il tuo ORESTE

«COSA???» urlò Tania scattando in piedi.

«Tania, suppongo tu abbia finito il compito!» esclamò la professoressa seduta alla cattedra.

«Vieni a sederti qui vicino a me. Almeno non deconcentriamo i tuoi compagni!»

Fu così che Tania passò tutto il tempo rimasto alla cattedra, accanto alla docente. Oltre a completare il compito, doveva anche sfuggire lo sguardo innamorato del giovane Oreste.

Quando suonò la campanella che annunciava la fine della giornata, Tania si alzò in piedi per uscire. La professoressa la bloccò.

«Tania, oggi ti ho vista molto distratta. C'è qualche problema?»

«No no, professoressa» rispose distrattamente mentre rimetteva i libri nello zaino.

«Sei sicura?» insisté la docente mentre controllava il compito di Tania. «Vedo qui, che non hai completato tutti gli esercizi.»

In quel momento l'unica preoccupazione di Tania fu di raggiungere Maria che già da un pezzo era uscita dalla classe.

«Mi scusi professoressa, ma devo proprio andare» disse scappando dall'aula.

Una volta fuori l'istituto cercò l'amica tra la folla. Si chiese come mai Maria non l'avesse aspettata. Di solito uscivano insieme.

Dopo un po' finalmente la vide. Era vicino la macchina del padre e stava parlando con Gianluigi. Ridevano. Vide Maria indicarla e Gianluigi la guardò.

Tania sentì il cuore battere forte forte. Ma cosa si stavano dicendo? Perché la sua amica si comportava in quel modo?

Maria lo salutò e salì in macchina. In quel

momento arrivò anche il padre e Tania salì subito in auto.

«Ciao, tesoro! Com'è andata?»

«Papà, puoi raggiungere la macchina di Maria?» supplicò la figlia senza rispondere. «Devo parlarle.»

«Ma come? Non siete state tutta la mattinata insieme?»

«Sì, anzi no! Guarda non ci crederai mai… è stato pazzesco!» disse sconfortata. «Devo parlarle. Ti prego!»

Il papà aveva capito che c'era qualcosa sotto. Non capiva cosa, ma non gli importò.

«Ok, allacciati la cintura!»

Il padre guidava con determinazione e sicurezza per le vie della città, ma senza esagerare. Evitò un paio di camion in manovra e si scusò alzando la mano. Tania lo guardò sorpresa ma anche tanto contenta.

«Non so cosa stia succedendo ma spero che tu lo risolva» disse il padre senza distogliere lo sguardo dalla strada.

«Eccoli! Sono fermi al semaforo, riesci a raggiungerli?»

«Aspetta! Quella strada porta al parco» disse il genitore. «Posso fare di meglio. Li possiamo anticipare.»

Il papà prese un'altra strada, sbucò nel parcheggio di un centro commerciale, lo attraversò per poi sbucare di fianco all'ingresso del parco.

«Eccoli che arrivano» disse guardando lo specchietto.

«Sei stato fantastico» le fece Tania baciandolo sulla guancia.

«Non dirlo alla mamma però» concluse il padre facendo l'occhiolino.

La macchina di Maria si fermò vicino alla loro.

«Che succede?» chiese il padre di Maria abbassando il finestrino.

«Ne so quanto te!» ripose Luca.

«Forse ho capito io» li interruppe Maria scendendo dall'auto. «Possiamo restare un po' al parco? Torniamo a casa a piedi.»

I genitori si guardarono rassegnati.

«Va bene, ma non fate tardi.»

Le ragazze andarono a sedersi su una panchina.

Tania era imbarazzata e non riusciva a dire nulla.

«È per quella cosa di ieri, vero?» chiese Maria.

«Sì. Non riesco a togliermela dalla testa» rispose Tania.

«Ok, ma non è così facile.»

«Ma hai fatto una cosa così grave?» domandò Tania spaventata.

«Non io, ma tu» fu la risposta tranquilla di Maria.

«Non capisco…»

«Allora... ieri mi hai confessato di non aver invitato Gianluigi al mio compleanno perché eri gelosa!» iniziò Maria.

«Te l'ho detto, mi dispiace tantissimo! Volevo dirtelo ma... »

«Sì, sì, tranquilla» la interruppe. «Il fatto è che io non lo avevo invitato perché piaceva a me; sapendo che piaceva a te, volevo che passaste un po' di tempo insieme!»

«Quindi tu l'hai invitato per me?» domandò Tania.

Maria annuì.

«Oh, che stupida che sono» fece Tania mettendosi le mani in faccia.

«Sei solo un'impacciata cronica» rispose ridendo Maria.

«E oggi? Quando stavi parlando con lui?»

«Era per invitarlo di nuovo al compleanno.»

«Ma il tuo compleanno non è tra sette mesi?»

«Non al mio, al tuo!» disse ridendo Maria. «Mi ha detto che verrà mooolto volentieri.»

«Sei la miglior amica che si possa avere!» e la abbracciò forte.

«Ah! Poi gli ho anche chiesto cosa pensa di te» aggiunse Maria.

«E che ti ha risposto?» chiese timidamente Tania.

«BOH!»

FINE (?)

ZEROSEI

OVVERO L'ALTRO CAPITOLO CHE NON DOVREBBE ESISTERE

Se sei qui per controllare se esiste davvero l'altro capitolo che non dovrebbe esistere, allora eccomi qua a confermarlo. Ma non andare oltre. Non vorrai mica scoprire come finisce la storia senza leggerlo per intero? Devo proprio dirtelo, questo capitolo che non dovrebbe esistere ha un legame speciale con i racconti che lo precedono. Quindi torna al capitolo ZeroZero e leggi i racconti, io ti aspetto qui.

Se invece ti domandi da dove esce fuori questo capitolo, allora significa che non hai letto il capitolo ZeroZero, ovvero il primo capitolo che non dovrebbe esistere. A volte succede.

Ti ricordo che per leggere questi capitoli bisogna avere delle qualità che ho spiegato in quel capitolo. Spesso capita che alcune persone si assopiscano e si risveglino mentre leggono il libro.

Succede più spesso a un adulto che dimentica facilmente cosa vuol dire essere speciale come un bambino!

Quindi, senza perdere altro tempo, torna alle prime pagine e leggi il capitolo ZeroZero e poi vai a quello conclusivo: ZeroSei (2).

ZEROSEI (2)

DOVE CLAUDIO AVEVA FRETTA DI CRESCERE

Quest'ultimo capitolo mi è molto caro. Ci sono affezionato non perché ci sono anch'io nella storia, ma perché è grazie a Claudio, il protagonista, che ho inventato il libro con i capitoli che non dovrebbero esistere.

Se non lo avessi conosciuto non avrei avuto questa idea e non avrei vinto le tre stelle di merito.

Claudio e suo fratello Elio li conobbi quando il lavoro mi portò nella loro città. Come sai, non posso dirti esattamente che lavoro faccio ma posso rivelarti che vado in giro alla ricerca di oggetti speciali e spesso cambio città.

Per fortuna il trasferimento non è complicato come una volta: infatti non mi sposto solo io, ma porto con me tutta la bottega di oggetti speciali. Ti posso garantire che non è piccola. Non è facile dire il numero preciso di oggetti in mio possesso, anche perché non esiste un modo per definirlo. Si tratta di qualcosa di ultra-mega-stratosferico, di bilioni di miliardi di pezzi. Li raccolgo da moltissimi anni e non sempre è facile reperirli. Il mio lavoro non è solo trovarli, ma devo registrare le loro storie e segnare il nome del proprietario.

Non sempre, ma a volte mi capita di conoscere i proprietari. Magari un giorno anche io e te potremo incontrarci. Forse ho già incontrato i tuoi genitori o i tuoi nonni quando avevano la tua età.

Infatti, questa cosa è successa proprio con Claudio. Lui l'ho incontrato di persona e non solo lui...

Claudio era un ragazzo molto ambizioso. Aveva solo tredici anni e già sognava di diventare un grande regista. In lui, la passione per il cinema era molto forte e aveva un quaderno dove appuntava tutto: frasi e dialoghi che avrebbe potuto usare, appunti di scene e tanti disegni. Però, ahimè, questa passione lo portava a tralasciare un po' le altre cose. Infatti, a scuola i suoi voti erano scesi bruscamente; non faceva altro che passare tutto il tempo a progettare il suo film horror, anche tra i banchi di scuola.

«Quindi questa ragazza entra nella vecchia casa abbandonata» spiegava ai suoi due grandi amici, Licia e Fabrizio, «quando all'improvviso un fantasma dai lunghi capelli biondi le si scaglia addosso. La ragazza urla così forte da far tremare le finestre!» Licia e Fabrizio lo ascoltavano con attenzione appoggiati ai banchi. «Qui Licia, devi fare un bell'urlo!» disse Claudio all'amica.

«Spero di riuscirci» rispose preoccupata Licia, che avrebbe dovuto interpretare il ruolo della protagonista.

«Come speri? Devi farcela! Tutto deve essere perfetto!» la incalzò Claudio con decisione.

«Ma riesce a salvarsi?» intervenne Fabrizio.

«Be' non ho ancora finito la sceneggiatura ma deve salvarsi per forza, no?» replicò Claudio.

Gli amici lo guardarono incerti.

«È la protagonista! Vabbè, faccio tutto io come al solito!» concluse piccato.

«Se lo dici tu. La verità è che non accetti mai le mie proposte» ribatté Fabrizio.

«Tipo quella di inserire un *ninja* nella storia?» lo punzecchiò Claudio.

«Sarebbe una figata pazzesca!» rispose Fabrizio, simulando una mossa da combattimento. «*YA!* Oltre al fatto che darebbe azione alla storia.»

«Giriamo sempre da te, giusto?» intervenne Licia.

«Sì! Venerdì facciamo la scena del fantasma

poi domenica quella che devo ancora scrivere» rispose Claudio.

«Ma domenica non è il compleanno di tua madre? Hai il pranzo con tutti i parenti!» disse l'amica.

«Oh no, è vero!» si disperò Claudio. «Questo film sta diventando un calvario.»

Proprio in quel momento entrò in classe il professore di italiano. Trovò Fabrizio che simulava mosse di combattimenti *ninja* tra i banchi.

«Sono certo che l'impegno che spendete per il film è lo stesso che date ai compiti» disse con ironia.

«Buongiorno professore...» rispose Fabrizio bloccandosi all'istante.

«Sapremo presto se è un buongiorno. Venite alla lavagna voi tre, oggi interroghiamo!»

Licia andò bene, come sempre. Fabrizio si salvò con una sufficienza risicata. Claudio invece prese un altro brutto voto che non comunicò ai genitori, specialmente alla madre.

La madre di Claudio era una persona veramente speciale. Io la conoscevo bene. Anche voi l'avete conosciuta.

I voti di Claudio a scuola erano iniziati a scendere da poco e, in fondo, non c'era da allarmarsi più di tanto; ma la mamma aveva notato anche altro: Claudio era diventato impaziente. Faceva tutto troppo velocemente, senza applicarsi per bene. Questo portava a credere che nello studio assimilasse tutto per bene, per scoprire il mattino seguente di aver dimenticato molte cose.

Il ragazzo era spesso distratto e faceva tutto con malavoglia. Alcune cose non le faceva proprio più, come giocare con le macchinine insieme al fratellino Elio. Erano cose da piccoli gli diceva.

La mamma non voleva obbligarlo e non voleva che rinunciasse alla sua passione. A Natale, per invogliarlo, gli regalò una telecamera nuova ma dettò una condizione: sarebbe stato solo un passatempo, un divertimento e basta. Prima lo studio e poi tutto il resto.

«Capito? Regalandomi quella telecamera, mi ha incastrato» mi confidò Claudio nella mia bottega.

In verità sapevo cosa volesse dire ma dissi di no.

«Se sbaglio qualcosa, lei si riprende la telecamera» recriminò afflitto.

«E il brutto voto di oggi è stato uno sbaglio?» lo incalzai.

«Esatto»

«Allora impegnati e migliora i tuoi voti» gli suggerii.

«La fai facile, tu! Vorrei essere già grande, così da poter fare quello che mi pare» confessò lasciandosi cadere su una vecchia poltrona.

«Ehi! Attento a quella poltrona, non romperla!» gli dissi preoccupato. «Quella apparteneva a un grande scrittore di romanzi d'avventura. Ci giocava immaginandosi di pilotare un aereo.»

Era una buona occasione per spiegargli che per essere un grande regista non bisogna avere fretta ma godersi il momento. Purtroppo Claudio non mi ascoltava: era di nuovo distratto dal pensiero del suo film.

«Secondo te come posso realizzare questo fantasma?» mi chiese mostrandomi un disegno su un quaderno.

«Un'idea ce l'ho! Vieni, vieni con me» gli dissi.

Andammo in un altro reparto della bottega e presi un vecchio lenzuolo bianco con sopra disegnato uno scheletro, un sacchetto riempito di paglia che in passato era stato la testa di uno spaventapasseri e una parrucca bionda.

«Che pensi, può andare?» gli chiesi.

«Sono perfetti!» rispose con entusiasmo.

«Però mi raccomando...»

«Sì, lo so! Starò attento a non rovinarteli! Te li riporto lunedì, promesso» disse interrompendomi.

«Ma no! Cioè sì, non rovinarmeli! Ma io intendevo...»

Provai a spiegargli che anch'io ero preoccupato, non solo per i voti, ma lui aveva fretta.

Mi porse la mano aperta per fare il suo "speciale saluto": un batti cinque qua, un pugno contro pugno qui, un'esplosione di là e delle strane corna lì! Si trattava di fare questi gesti con successione, ma io non ricordavo mai la sequenza e sbagliavo sempre. Fu così che Claudio scappò via di corsa e io feci le corna a un passante.

Giunse il venerdì delle riprese. Claudio aveva addobbato il salotto con le ragnatele finte usate ad Halloween. La scenografia horror pareva suggestiva. Siccome la luce fuori era troppo forte, nonostante fosse pomeriggio, mise dei cartoncini neri alle finestre perché le tende non bastavano a creare l'atmosfera cupa che lui voleva. Subito dopo posizionò diversi faretti in punti strategici per creare lunghe ombre sui muri. Anche il fantasma era venuto bene. Comunque l'allestimento risultò quello progettato sul quaderno.

Peccato che per preparare il tutto, rimase sveglio tutta la notte e la mattina si era addormentato in classe, beccandosi una bella nota di demerito.

Uscito da scuola, assieme a Licia e Fabrizio andò a casa per le riprese. Quello che aveva preparato era perfetto, però le riprese non andarono bene. Licia provò tante volte la scena ma non riusciva a urlare come voleva Claudio. Provò e riprovò ma niente, quell'urlo non veniva abbastanza realistico.

Decisero di fare un altro tentativo. Licia entrò nella stanza lentamente. Claudio la seguì con la telecamera. La protagonista si guardava intorno timorosa, accentuando l'atmosfera lugubre. L'entrata risultò perfetta e Licia fu veramente brava. Anche Claudio l'aveva notato ma la parte difficile doveva ancora arrivare.

Fabrizio fece entrare il fantasma in scena con l'ausilio di un bastone e un filo trasparente. A questo punto Licia provò a urlare. Il risultato fu un urlo smorzato e la rottura del filo che reggeva il "fantasma" che cadde in testa alla ragazza.

«Scusa Licia!» disse subito Fabrizio.

«STOP! STOP! STOP!» gridò Claudio senza preoccuparsi dell'amica.

«Ti sei fatta male?» chiese Fabrizio.

«No, no. Meno male che è tutto di stoffa.»

«E niente! Non riuscite a fare questa scena!» li redarguì Claudio con tono severo.

«L'abbiamo provata tante volte. Ce ne sarà una buona, no?» fece Licia.

«NO! Non ne hai fatta una decente» disse con tono severo. «Tu invece, non riesci nemmeno a tenere un pupazzo di stoffa a mezz'aria!»

Deluso e offeso Fabrizio se ne andò senza rispondere. Anche Licia lo guardò arrabbiata e si allontanò con l'amico.

«Dai, non fate così. Fabrizio! Licia!» li pregò Claudio.

«Non fate così?» disse Licia fermandosi. «Sono settimane che ti aiutiamo per questo film. L'abbiamo fatto perché sappiamo quanto sia importante per te, ma non meritiamo di essere trattati in questo modo!»

«Voglio solo che sia tutto perfetto» spiegò Claudio.

«Avevi un film da fare e degli amici a sostenerti. Era già tutto perfetto. ERA!» concluse Licia andando via.

La madre rientrò a casa e trovò il figlio in camera. Era seduto a terra e ripensava alle parole di Licia mentre disfaceva il fantasma che aveva assemblato.

«Ciao, mamma» disse sconsolato.

«Ciao, tesoro. Com'è venuta la scena del fantasma?»

«Non l'abbiamo fatta più» rispose Claudio senza alzare lo sguardo.

«Come mai?» domandò preoccupata la mamma.

«Abbiamo litigato.»

«Tesoro, cosa ti succede?» chiese dolcemente la madre.

«Niente mamma» rispose duro Claudio alzandosi in piedi.

Sentirsi chiamare tesoro lo faceva sentire un bambino e lui non voleva.

«Non mi sembra. Oggi ho parlato anche con i tuoi professori.»

Claudio sì irrigidì. Sentiva di aver deluso i migliori amici e adesso anche la madre.

«Tesoro, io e lo zio, quando eravamo piccoli come te, avevamo anche noi una passione incredibile per i film di...»

«Ti prego! Adesso non iniziare con una di quelle vecchie storie con la morale» disse con tono duro Claudio, pentendosene subito.

Era arrabbiato con se stesso e come succede spesso quando si è arrabbiati, si dicono cose che non si pensano veramente.

«Bene!» fece decisa la mamma. Poi prese la telecamera sul comodino. «Allora questa la tengo io, finché i tuoi voti non tornano quelli di prima!»

«Aspetta mamma. La telecamera no!» disse Claudio. «Non puoi farlo, sono grande ormai.»

«No, Claudio! Stai crescendo ma non sei affatto grande!» affermò la madre. «Potrai averla quando capirai la differenza.»

La donna uscì dalla camera.

Sulla porta il fratello Elio assistette alla scena. Claudio sbuffò, poi iniziò a mettere i vari pezzi del fantasma nello zaino. Elio salì sul letto a castello e si sedette a guardarlo.

«Ma non lo fai più il film?»

«No, non lo faccio più!» rispose seccato Claudio.

«E perché?» chiese mentre giocava con le sue macchinine preferite.

«Perché no! Piuttosto, scendi dal mio letto.»

«Perché?»

«Perché sei piccolo e non puoi stare di sopra» rispose Claudio.

«Tu perché vuoi diventare grande? Io non voglio» disse il fratellino.

Claudio guardò il piccolo sul letto di sopra, incuriosito. Giocava con delle nuove macchine. Non le aveva mai viste prima.

«Da dove arrivano?» domandò Claudio.

«Sono nuove. Me le ha comprate papà» rispose Elio.

Da quanto tempo non giocava con suo fratello? Perché si era allontanato così tanto da lui? Da tutti loro?

«Dimmi, perché non vuoi diventare grande?» chiese Claudio.

«Perché ho sei anni» rispose deciso Elio.

Claudio lo guardò perplesso. Fu allora che Elio gli indicò la scritta sulla scatola delle macchinine:

CONSIGLIATO DAI 2 AI 7 ANNI

«Lo vuoi conoscere un segreto?» disse Claudio sorridendo come non faceva da tempo. «Io ci gioco ancora e tu puoi farlo finché lo vorrai.»

Quella sera i ragazzi giocarono con le macchinine fino a tardi e Claudio gli permise perfino di dormire nel letto di sopra.

Il giorno dopo Claudio venne da me e mi riconsegnò i pezzi del fantasma. Aveva capito che la fretta di diventare grande, lo aveva allontanano dalle persone a cui voleva bene e che, in qualche modo, doveva rimediare.

«Ho rovinato tutto!» mi confidò.

«Peccato che non hai più il tempo per aggiustarle» risposi con ironia.

«La fai facile» mi disse. «Non posso andare da loro e dire semplicemente "scusa".»

«Perché no?» gli chiesi.

«Perché sarebbe troppo poco. Devo fare una cosa fatta bene!» mi disse pensieroso.

«Come per il tuo film. Sbaglio o anche lì eri tutto preso a fare una cosa fatta bene? E poi, ricordami cosa è successo?»

«Uffa! Allora che mi consigli di fare?»

«Vieni con me! Vieni, c'è una cosa che ti voglio far vedere.»

Lo portai nella parte più antica della bottega. Andai dritto dritto verso un piccolo scrigno e tirai fuori una vecchissima trottola di legno.

«Lo sai di chi è questa?» domandai. «È mia. È il primo oggetto che ho portato nella bottega. Tantissimo tempo fa. Appena la vedo, anche per un istante, io divento bambino.»

«Ritorni bambino» mi corresse.

«No, no! Intendo proprio diventare di nuovo bambino. Non possiamo tornare indietro ed essere quello che eravamo. Oggi siamo la somma di quello che siamo stati. Semplicemente siamo cresciuti. Però possiamo essere di nuovo bambini.»

Mi guardò serio. Aveva capito.

«Questi oggetti, all'inizio sono semplici, ma poi siamo noi a renderli speciali» continuai. «E qui dentro, ogni oggetto ha la sua storia speciale.»

«Sarebbe bello se si potessero vivere queste storie» mi disse sorprendendomi. «Storie non nostre ma che lo diventerebbero appena le avremmo vissute.»

Fu allora che mi venne in mente di raccontarne alcune. Pensai al libro e ai capitoli che non dovrebbero esistere: storie di persone speciali per persone speciali.

Claudio vide una macchinina vicino allo scrigno.

«Quanto ti devo per questa?» mi chiese.

Per il fratellino speciale, ci serve una macchinina speciale pensai.

«Facciamo uno scambio» fu la mia proposta. «Tu prendi questa macchinina e a me, in cambio, dai il tuo quaderno degli appunti.»

Claudio tirò fuori dalle tasche il quaderno, ma lo fermai subito.

«Non oggi perché ancora non hai finito di scrivere la tua storia. Verrò a prenderlo quando sarà completo» gli dissi e lo salutai o almeno ci provai.

Alzai la mano e feci la sequenza di batti cinque, pugno a pugno, esplosione… ma poi sbagliai l'ultimo.

Il ragazzo uscì dalla bottega ridendo e tornò a casa. Quel sabato sera, Claudio mandò un messaggino a Licia e Fabrizio:

Ho sbagliato! Scusatemi!
Adesso ho bisogno del vostro aiuto
per farmi perdonare anche da mamma!
Potete dormire da me! VVB!

La mattina seguente il padre di Claudio scese dalla camera e trovò i ragazzi addormentati in salotto. Il figlio era su una sedia, Fabrizio sulla poltrona e Licia sul divano. In un angolo avevano allestito un piccolo set: c'erano un telo nero appeso, un paio di sedie, le luci e il cavalletto della telecamera.

«Elena?» chiamò il papà di Claudio.

«Che c'è Marco?» chiese la moglie da sopra le scale.

«Vieni a vedere!» disse Marco.

La mamma scese preoccupata.

«Che c'è?» chiese al marito.

Il papà indicò i ragazzi addormentati. Elena si avvicinò al figlio.

«Tesoro» gli sussurrò svegliandolo.

«Ciao, mamma» disse appena aprì gli occhi.

Claudio si guardò attorno, quasi a non riconoscere o ricordare dove e cosa avesse fatto. Vide il set allestito e gli amici addormentati.

«Ieri avevi ragione tu» disse alla madre. «Solo crescendo giorno per giorno si diventa veramente grandi.» La mamma gli sorrise dolcemente e gli scombinò i capelli in modo giocoso. Intanto anche gli altri si svegliarono e li guardarono.

«Voglio essere di nuovo bambino. Ti va di raccontarmi quella storia di quando eri piccola?» chiese Claudio. «Aspetta però. Ho bisogno ancora di un'ultima cosa.»

Claudio indicò il cavalletto della telecamera.

«Ok, ma prima una bella colazione,» disse Elena, «poi devo truccarmi un po'!»

Quando Elena si posizionò davanti alla telecamera erano passate alcune ore. Prima dovette preparare il pranzo perché a breve sarebbero giunti i parenti per il compleanno. Allo stesso tempo volle sistemare un po' la casa prima che arrivassero. Per prepararsi ci mise tantissimo.

Claudio pensò che forse voleva guadagnare tempo perché in fondo la cosa la imbarazzava. Così prese l'iniziativa: la prese per mano e la fece sedere davanti alla telecamera.

«Ma hai già iniziato a girare?» chiese imbarazzata. «Ma devo guardare nella camera?»

Claudio annuì.

«Allora... avevo sette anni e, io e lo zio Gianni, abbiamo visto un alieno!» esordì Elena.

La madre andò avanti per un po' a raccontare la sua storia. I ragazzi risero e si stupirono a ogni dettaglio della vicenda dell'alieno. Claudio scoprì che sua madre era una grande appassionata di film di fantascienza e si promisero di vederne alcuni insieme.

Quando Elena finì di raccontare si era fatta l'ora di pranzo e iniziarono ad arrivare anche i parenti. Claudio ne approfittò per conoscere le loro storie e capì che ognuno di loro ne aveva una speciale.

Un papà e uno zio agente segreto.

Un nonno campione di calcio giovanile.

Una mamma e uno zio che avevano visto un alieno.

Una nonna investigatrice.

Una cugina che aveva paura dei lampi.

E lui. Un ragazzo che aveva fretta di diventare grande.

Il giorno seguente Claudio venne alla bottega ma non mi trovò. In realtà non trovò proprio la bottega. Chiese in giro se sapevano qualcosa ma nessuno l'aveva vista. Questo perché solo le persone speciali possono incontrarmi. Comunque, il mio lavoro in quel posto era finito. Andai in un'altra città a raccogliere altri oggetti speciali.

Claudio lo rividi anni dopo. Ero andato a prendermi il quaderno promesso. Ma questa è un'altra storia.

Tutti siamo stati bambini!

Un nonno che è diventato capitano della sua vita!
Una nonna che non ha mai smesso di
ascoltare e osservare!

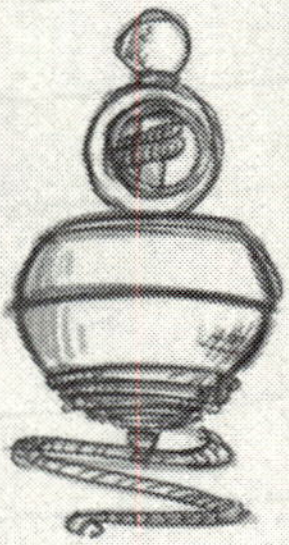

Un padre e una madre che,
prima di essere genitori,
sono stati protagonisti di avventure,
minuscole e grandiose!

Quando si è piccoli, tutto sembra possibile!
Poi si cresce. Il mondo rimpicciolisce.
E con lui i nostri sogni. Le nostre storie.

E allora perché non viverne di nuove?
Trovarle nell'odore di un oggetto, nel colore di
un giocattolo o nella lettura di un appunto.

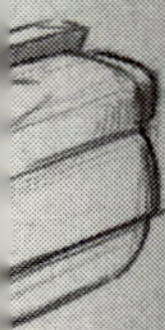

Storie di bambini,
che siamo stati e che sempre saremo!

Claudio

DANILO
FEDERICA
GIANNI
LUCA
ELENA
CLAUDIO
ELIO

EXTRA

1

DIETRO LE QUINTE DEL FILM

ANNOTAZIONE #00

Sono quasi le due di notte e domani dovrò consegnare all'editore il libro. Sono così agitato che non riesco a dormire. Mi succede sempre, da quando ero bambino: la sera prima della domenica al mare o della scampagnata in montagna, oppure prima di un viaggio, di un'interrogazione o di un compito in classe.

La notte che precedeva un appuntamento mi agitavo di più. Come potete immaginare, questa "agitazione" mi ha accompagnato anche la sera prima l'inizio delle riprese di *Quando sarò bambino*. La sceneggiatura[1] l'avevo consegnata alla produzione qualche

[1] È il testo che espone scena per scena, in modo visivo, tutta la storia. Oltre a descrivere i luoghi dove si svolge, comprende anche dialoghi e azioni dei protagonisti. Rappresenta il primo e fondamentale documento per la realizzazione di opere cinematografiche, televisive e di videogiochi. L'autore che la scrive si chiama sceneggiatore.

mese prima e subito qualche giorno dopo sono andato a vedere come avevano trasformato le mie parole in immagini!

Ricordare quelle emozioni mi ha fece venire un'idea: raccontare attraverso alcune annotazioni cosa ho imparato sul set[2]. Come un diario di viaggio.

ANNOTAZIONE #01

Il primo giorno delle riprese è stato molto emozionante. Non avendo riposato bene pensavo che mi sarei addormentato su qualche sedia sul set, invece ho vissuto tante belle sensazioni, una dopo l'altra.

In realtà la giornata non iniziò proprio benissimo. I *runner*[3] fecero diversi viaggi portando sul set tecnici e attori ma dimenticarono una persona in albergo: era la mia super amica! Così andai io a prenderla. Quando siamo arrivati le riprese erano iniziate da qualche minuto. Sapevo che non mi avrebbero aspettato perché bisognava rispettare il piano di lavorazione[4].

Per la *location*[5] avevamo scelto la casa di mia zia. Le scenografe[6] avevano allestito il set il giorno prima,

[2] Comprende tutto l'allestimento dove vengono effettuate le riprese.

[3] Persone che per ogni necessità sono sempre a disposizione e pronte a intervenire nel più breve tempo possibile.

[4] Scheda informativa dov'è organizzato tutto il calendario delle riprese del film.

[5] I luoghi (esterni e interni) dove si girano le riprese

[6] Lo scenografo provvede alla ricostruzione degli ambienti in armonia con il contesto storico e le emozioni presenti nella sceneggiatura.

facendo un lavoro straordinario. Siccome la scena da girare era ambientata nel 1978, avevano sostituito i mobili della sala. Inoltre, visto che i protagonisti erano Marco e Luca, avevano cambiato anche la cameretta di mia cugina, allestendola con vecchi giocattoli per maschietti e tanti disegni sui muri. Le prime scene che si vedono nel film sono proprio queste.

Quando finalmente tutto fu pronto venne dato il primo *ciak*[7], seguito da tantissimi altri, uno dopo l'altro. Per ogni scena sono state fatte diverse riprese finché non si arrivò a quella che il regista[8] definì: «Buona!».

Al termine di questa prima giornata, tutti insieme siamo andati a cena e poi a dormire. Il pensiero andava a quello che ci attendeva nei giorni successivi.

ANNOTAZIONE #02

Nei giorni seguenti si doveva girare una scena ambientata di sera. In realtà era pieno giorno e la giornata si presentava bella e assolata. Per risolvere il problema furono tappezzate le finestre con grossi pannelli neri così da bloccare ogni bagliore esterno.

[7] Termine onomatopeico che definisce lo strumento più caratteristico del cinema: una tavoletta con un'asticella mobile che produce proprio il caratteristico suono del *ciak*! Sul *ciak* vengono scritti i dati della scena che si sta riprendendo.

[8] Responsabile artistico e tecnico del film: l'autore. Dirige gli attori, coordina il set, imposta le inquadrature e i movimenti di macchina. Trasforma la sceneggiatura nel film.

L'atmosfera serale venne realizzata dagli elettricisti[9], che posizionarono luci soffuse seguendo le indicazioni del direttore della fotografia[10]. Nonostante fuori fosse l'ora di pranzo, noi eravamo pronti a girare la scena della cena.

Nel frattempo, sul set arrivarono anche dei miei allievi dell'Accademia di Belle Arti, curiosi di vedere la realizzazione di un film.

Per l'occasione li accompagnai dentro a sbirciare un po'. Il tutto avvenne nel massimo silenzio. La scena che videro era quella, molto divertente, delle "pizze ortolane". Per fortuna erano arrivate anche altri tipi di pizza e ne approfittammo per assaggiarle.

Prima di lasciare il set salutai i piccoli e bravissimi attori che tornavano a casa perché avevano finito con le riprese. Secondo il piano di lavoro avevano ancora altre scene da recitare: si trattava di piccole sequenze da girare dopo qualche settimana negli studi cinematografici[11]. Promisi di rivederci lì.

[9] Cura il piazzamento e della gestione degli apparecchi di illuminazione del film.

[10] È colui che si occupa della luce e l'illuminazione di ogni immagine del film. Lavora a stretto contatto col regista e segue ogni sua indicazione. È un ruolo molto importante e non a caso parecchi registi hanno cominciato la loro carriera come direttori della fotografia.

[11] Teatro di posa, ovvero un locale preparato e destinato alla messa in scena e alle riprese, per la produzione di un film o parti di esso.

ANNOTAZIONE #03

Dopo alcuni giorni tornai sul set a vedere come procedeva il film. Quella volta giravano una delle ultime scene. Questo per dire che i film non vengono girati in ordine cronologico, ovvero dall'inizio alla fine seguendo la storia. Le scene da riprendere vengono scelte in base alle varie necessità, che possono essere la disponibilità delle *location* o degli attori[12]. Per fortuna c'è la segretaria di edizione[13] che tiene tutto sotto controllo. Il suo ruolo è fondamentale per l'assemblaggio finale, ma non solo. Infatti, nel nostro caso, successe che uno degli attori dimenticò di togliersi l'orologio e in una delle riprese si vedeva. Insieme a un costumista[14] verificarono l'anno in cui quell'orologio era stato costruito. Si resero conto che, rispetto all'anno in cui la scena era ambientata, l'orologio non era stato ancora prodotto. Era un *blooper*[15]!

[12] Interpretano la parte di un personaggio nel film.

[13] Ha il compito importantissimo di vigilare sulle riprese in modo che non vi siano contraddizioni di alcun tipo. Annota qualunque cosa sia necessaria da ricordare sul registro, chiamato "bollettino di edizione". Le sue annotazioni sono indispensabili nell'assemblaggio finale del film.

[14] Provvede al vestiario dei protagonisti. A volte è necessario ideare e realizzare i costumi e gli accessori, sempre rispettando il contesto storico e il tema proposto dalla sceneggiatura.

[15] I *blooper* sono errori commessi nei film, sfuggiti durante le riprese, che appaiono durante la visione. I più comuni sono: microfoni che entrano nelle inquadrature; un oggetto cambiato di posizione durante la stessa scena; un oggetto che non appartiene a quel contesto storico o in quel mondo immaginario (detto "anacronismo").

La scena è stata rigirata, nonostante fosse uscita davvero bene.

ANNOTAZIONE #04

Tornai sul set con il produttore[16]. Per prima cosa ci confrontammo con il produttore esecutivo[17] per avere aggiornamenti su come procedessero le riprese del film. Fu deciso di fare una pausa per discutere con il regista. Quel giorno si giravano, in esterno, le scene della partita di calcio. Era una bella giornata estiva e il sole rendeva il lavoro difficile. La pausa fu molto gradita, oltre che dagli attori, dai macchinisti[18].

Ne approfittammo per "assaltare" il mini bar pieno di bibite fresche e sederci all'ombra. Mentre i produttori discutevano dell'avanzamento del film, parlando di costi e tempi di produzione, i ragazzi della *troupe*[19], ispirati dalla storia di calcio, iniziarono a vantarsi delle proprie prodezze calcistiche lanciando sfide tra loro.

[16] Colui che finanzia la realizzazione di un film.

[17] Responsabile della produzione sul set. Approva le spese, fa rispettare il *budget* e i tempi di produzione.

[18] Il macchinista è responsabile delle attrezzature (binari, gru, proiettori, ecc.), del loro reperimento e della loro manutenzione. Con queste realizza le strutture richieste dal regista, garantendo ogni tipo di ripresa o illuminazione.

[19] Gruppo di lavoro composto da tutte le figure professionali che realizzano il film. Il *cast* invece serve a indicare l'insieme degli attori che compaiono nel film.

La sera organizzammo una partitella tra noi. Non ricordo il risultato finale ma ricordo benissimo le cadute, le svirgolate e le tante risate.

ANNOTAZIONE #05

Una giornata le riprese furono girate in una scuola. La scena da rappresentare era quella di Tania e Maria. Dovevano farla sia in classe che all'esterno e per queste scene avevano bisogno di alcune comparse[20].

Per fortuna non fu difficile trovarle, grazie ai ragazzi del *casting*[21] e alla voglia di tanti giovani di comparire in un film.

Oltre alle comparse c'erano anche tanti curiosi. Si creò un po' di confusione. In realtà erano lì perché avevano scoperto che sul set c'era una *guest star*[22]! Una giovane attrice che in televisione riscuoteva sempre più successo essendo l'idolo di tanti coetanei. Inutile dire che l'entusiasmo andò alle stelle e i suoi fan urlavano ogni volta che la vedevano.

---

[20] Interpreti utilizzati per riempire le scene, come la gente che cammina per strada e così via. Il ruolo di "comparsa parlante" prevede invece che la persona possa recitare una battuta.

[21] È la selezione dei partecipanti che dovranno apparire sulla scena, quindi attori e comparse. Generalmente gli attori vengono cercati inizialmente nelle agenzie e poi selezionati dopo un provino. Le comparse, invece, sono scelte senza nessuna preparazione recitativa.

[22] Attore o attrice celebre che recita un ruolo secondario. In italiano si usa il termine "cameo".

Quel giorno l'aiuto regista[23] correva avanti e indietro per ricordare agli ammiratori di non urlare quando si giravano le scene.

ANNOTAZIONE #06

L'ultimo giorno di riprese porta con sé sempre un po' di malinconia. Sapevamo che quella mattina ci saremmo salutati con la promessa di rivederci, magari sul set di un altro film.

Nonostante ciò le riprese andarono alla grande. L'unico intoppo fu la comparsa di un grande brufolo sulla fronte di uno dei giovani attori. Il pronto intervento della truccatrice[24] risolse il problema: un po' di fondotinta e il brufolo scomparve.

Durante l'ultima scena intervenne il fonico[25] che chiese di poter registrare il "rumore d'ambiente silenzioso"[26]. Solo in quel momento scoprii l'importanza di quei suoni unici.

[23] Coordina le esigenze e gli ordini del regista con la troupe e il cast. Verifica la preparazione degli attori, controlla i costumi, il trucco e fa in modo che tutto ciò che serve per girare sia presente e a posto.

[24] Chi si occupa del trucco degli attori. Un buon truccatore deve saper rispettare le esigenze narrative, fotografiche e tecniche del film.

[25] È responsabile della ripresa e dell'elaborazione dei suoni del film. Se è un fonico di presa diretta, registra tutto durante le riprese, comprese le battute dei protagonisti.

[26] Registrazione in interni o in esterni dei suoni d'ambiente da utilizzare per creare l'atmosfera in una sequenza di montaggio oppure per avere dei rumori d'ambiente, da usare durante le pause di un dialogo.

Fatta la registrazione si passò all'ultima scena. Il ciacchista[27] si mise davanti alla telecamera e batté il *ciak*. In un silenzio surreale osservammo emozionati. La scena, come ho già spiegato prima, non era l'ultima che avremmo visto nel film, ma quella con cui terminava il piano di lavorazione. Quella che mancava per chiudere le riprese.

Finita la sequenza, guardammo il regista. Lui guardò verso la segretaria d'edizione e disse:

"Buona!".

Scoppiò un grande applauso e alcuni della troupe presero il regista e lo sollevarono in aria per festeggiarlo. Le riprese erano finite!

ANNOTAZIONE #07

Qualche mese dopo mi chiamò il produttore per invitarmi a una proiezione privata. Durante il viaggio ero molto emozionato e sommerso da mille pensieri. Quando entrai nella sala fui accolto con calore dal produttore e dal responsabile dei VFX[28] con cui ero diventato amico. Qualche effetto visivo lo avevo visto durante la realizzazione, in particolare quello dell'inseguimento di macchine in una grande città. La sce-

[27] L'addetto a battere il *ciak*.

[28] Effetti visivi. Normalmente il lavoro consiste nell'aggiungere o modificare alcune parti delle riprese fatte precedentemente. Possono essere piccoli interventi come cancellare delle scritte sui muri o molto più importanti come ricreare una stanza o un'intera città.

na è tutta disegnata e animata in 3D[29]. A incuriosirmi erano anche le scene girate in *green screen*[30].

All'interno della piccola sala c'erano anche il regista e il montatore[31].

Ci siamo seduti, si sono spente le luci ed è iniziata la proiezione. Non nascondo che già dalle prime note della colonna sonora[32] mi sono emozionato.

Non aggiungo altro. Il resto lo lascio a voi quando vi siederete in poltrona per vedere *Quando sarò bambino.*

[29] Si creano forme solide e tridimensionali poi vengono colorate o rivestite con delle *texture*. Se sono oggetti che devono animarsi viene preparata una vera e propria "imbracatura" digitale che regola il movimento, un po' come le marionette. A muoverle provvederà l'animatore. Questa tecnica è giunta a uno stadio molto avanzato ed è oggi impiegata per la realizzazione degli effetti speciali nei film.

[30] Pannello verde (o blu: *blue screen*) usato per la tecnica di *chroma key*: gli attori recitano davanti a questi pannelli colorati e poi successivamente vengono aggiunti gli effetti visivi alle loro spalle, come panorami di una città incantata, un esercito di mostri che corre, eccetera.

[31] Tecnico che sotto la stretta supervisione del regista, rimette insieme tutte le scene (buone) girate, combinandole e tagliandole dove è necessario. Rimette in ordine le inquadrature in modo cronologico, così come lo vediamo quando andiamo al cinema.

[32] Musica di sottofondo di un film (o di qualsiasi altra opera di spettacolo). L'artista incaricato di realizzarle è il compositore.

INDICE

LA NOSTRA STORIA

Il nome *Psiche e Aurora* ha una storia. La casa editrice nasce dal lavoro di ricerca di Luca Leone il quale un giorno rintraccia, tra le pile di vecchi manoscritti, i numeri di una rivista letteraria d'inizio secolo, diretta dal sandonatese Donato Cucchi. Dopo un *coast to coast* tra New York e la California il ventenne Cucchi aveva iniziato a frequentare i circoli letterari abruzzesi e romani. Quando nel 1907 deciderà di varare una rivista letteraria, la chiamerà *Psiche ed Aurora*. Nelle sue pagine, attraversate dall'ombra di Gabriele d'Annunzio e di Filippo Tommaso Marinetti, troveranno ospitalità, fra gli altri, gli scritti di Trilussa e di Ada Negri. C'è, in quei fascicoli ingialliti, la spumeggiante creatività italiana che segnò tutto il Novecento europeo. Ma il destino si diverte a spezzare i fili: partito per la Grande Guerra, Cucchi vi perderà la vita. Storia tragica, bella e beffarda, *Psiche e Aurora* è anche questo: un risarcimento contro il destino. Oggi la rivista è inserita nel Catalogo Informatico delle Riviste Culturali Europee (C.I.R.C.E.) dell'Università di Trento.

LA SCOMMESSA

Franco Loi, da poco giunto da Milano, guardava la Val di Comino: un orizzonte verde ai confini del Lazio. Lontano s'intravedeva la sagoma di Montecassino, a sinistra c'era l'Abruzzo, con il Parco: «Un paesaggio così è difficile da trovare». L'idea di ridar vita alla casa editrice nasce da un breve dialogo di Vittorio Macioce con uno degli ultimi patriarchi della letteratura italiana e dal lavoro organizzativo di Luca Leone, Vittorio Farina e Mauro La Barbera. *Psiche e Aurora editore* parte come una scommessa: andare, oggi come cento anni fa, a caccia di giovani scrittori con l'obiettivo di scoprire talenti, ridisegnare una mappa, sondare l'humus letterario e farlo conoscere. Vedere cosa nasconde una generazione che fatica a raccontarsi. In *Psiche e Aurora* rivive dunque la doppia anima dannunziana e futurista delle origini. Una casa editrice-lifestyle che vede nelle tendenze, nell'estetica e nella dinamicità del quotidiano il piacere e la ragione del nuovo millennio.

CHI SIAMO

Responsabile editoriale: Luca Leone · *Direzione editoriale*: Vittorio Macioce · *Art director*: Adamo D'Agostino · *Coordinamento*: Mauro La Barbera · *JuniorZone*: Barbara Cardarelli · *School at Work*: Ruggero Mastrantoni, Giuseppe Varone · *Narrativa straniera*: Maddalena Vacana · *Ricerca e territorio*: Emilia Corelli Cucchi, Marco Leone, Silvano Tanzilli · *Ufficio stampa*: Igor Traboni · *Music Contest*: Paul Jockey · *Ufficio legale*: Giacomo Tutinelli

www.psicheaurora.it

Questo libro non è vendibile se sprovvisto del presente tagliando
QUANDO SARÒ BAMBINO
978-88-89875-60-5